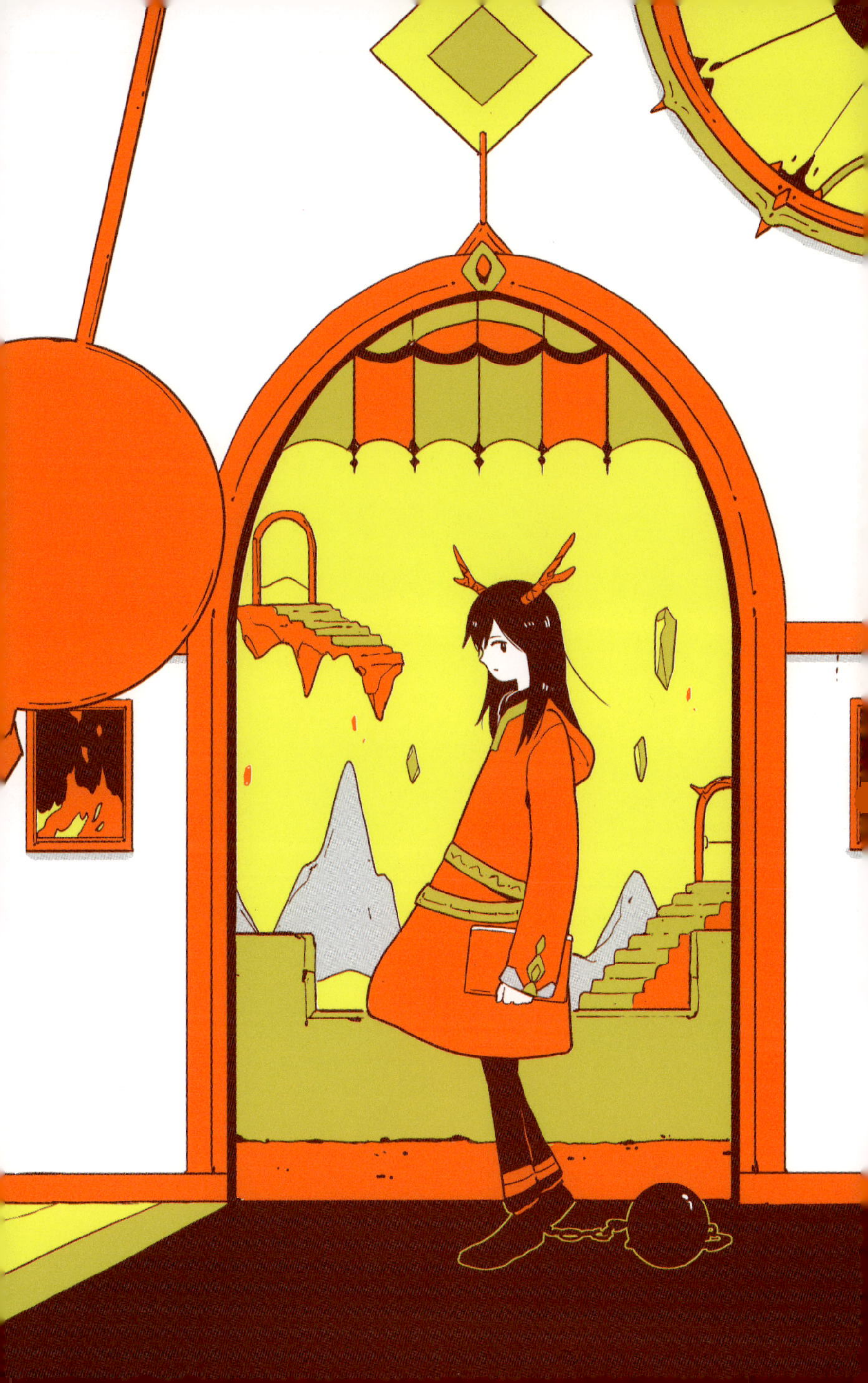

5分後に意外な結末 ex

オレンジ色に燃える呪文

桃戸ハル 編著　usi 絵

Gakken

ブックデザイン・Ｓｉｕｎ
編集協力・高木直子、井下恵理子
ＤＴＰ・四国写研

目次

contents

14歳

ヨネおばあちゃんが、今にも息を引き取ろうとしている。枕《まくら》もとには、たくさんの子どもたち、そして孫たち。みんな少しずつヨネおばあちゃんに似《に》ていて、みんなとても悲しそうな顔をしている。

壁《かべ》には、とっくの昔に亡《な》くなったおじいちゃんや、一族の顔写真が飾《かざ》ってあり、誰《だれ》もがすました顔で、ヨネおばあちゃんを見下ろしている。

「あぁ、いよいよあたしも死ぬのね」

おばあちゃんは少し悲しそうな顔をして、ゆっくり目を閉《と》じた。

ふたたび目を開けると、ヨネは川べりの道に立っていた。さわやかな風がブラウスの襟《えり》を揺《ゆ》らす。はっきりと覚えている。ここは、もう何十年も前に通っていた中学校へ向かう道だ。

頭の中で声がした。

「説明しますよ。よく聞いてくださいね。人生の最期《さいご》の瞬間《しゅんかん》に、神様からのプレゼントとして、1日だけ過去《かこ》のお好きな時期に戻《もど》っていただきます。ヨネさん、あなたは14歳《さい》に戻ることを希望しましたね」

声の主《ぬし》は、天使か、それとも魔物《まもの》か——。ヨネは、「あたし、14歳に戻りたいなんて言ったかしら」とつぶやいた。

「あなたは、今までの人生で、100回以上も『あの頃《ころ》に戻りたい』と言いました。そして『あの頃』というのが、おそらく14歳、中学校時代の頃《ころ》のことだという分析《ぶんせき》結果も届《とど》いています。あなたは、14歳に戻るのです。これは、人生についている無料オプションですから、遠慮《えんりょ》はいりません。さぁ、思い切り、今日1日だけ、14歳を味わってください。ただし、この日の本当のあなたは、風邪《かぜ》をひいて家で寝《ね》ています。絶対に家には近寄《ちかよ》らないようにしてください。近寄ると時空が乱《みだ》れてしまいますからね。それから、あなた——正確に言うと、あなたの中身です——が未来から来たということが周囲の人たちにバレないよう、くれぐれも注意してくださいね。今日1日が終わったら、あなたの周囲でこの日に起こったことは、すべての人の記憶《きおく》から自動的に消えるようになっていきます。そして、あなたは死ぬ瞬間《しゅんかん》に戻《もど》るのです」

不思議《ふしぎ》なことは、世の中にいくらでもある。疑《うたが》ってみたって、何の得にもならない。どうせ死ぬのだから、楽しんだほうがいい。ヨネは背伸《せの》びをして空を見上げた。体が軽い。そうか、昔の私は、こんなふうだったっけ。ジャンプしてみる。スキップしてみる。気がつけば笑っていた。

よく晴れた初夏の朝。14歳に戻ったばかりのヨネは、教室に駆《か》け込《こ》んだ。

旧友に声をかけてみる。ノブちゃん、ユリっぺ、ハナエちゃん。どの顔もふっくらしている。もう思い出せないだろう、と思っていたのに、友だちの名前も、身の周《まわ》りの話題も、不思議なほど口からすらすらと出てきた。考えるより先に言葉が出てくる。

「こら、三島《みしま》ヨネ、いつまでしゃべってる！　早く席に戻りなさい」

斉藤先生に叱《しか》られることさえ懐《なつ》かしい。斉藤先生、このときは、まだ独身だったっけ。あたしたちが卒業したあとで結婚《けっこん》して、それから子どもが４人もできて、同窓会《どうそうかい》で会ったときには、見事なハゲ頭になっていて……。これから起こることを教えてあげたら、先生はどんな顔をするだろうか。そんな想像をしながら眺《なが》めると、机《つくえ》の傷《きず》さえいとおしい。

帰り道、同じクラスの真田《さなだ》くんに会った。好きだったのに、結局、好きだと伝えられなかった相手だ。何度も手紙を書いては、渡《わた》せずに捨《す》てたっけ。急に胸《むね》が高鳴る。

明日になれば、私は未来に戻り、真田くんの記憶からも、今日のことは消えてしまうんだ。だったら、あの頃にできなかったことを、思い切ってやってみてもいいのではないだろうか。

ヨネは真田くんに近づいた。

「真田くん、ずっとあなたが好きでした」

真田くんは、最初、驚《おどろ》いたような顔をしていたが、すぐにヨネの好きな笑顔に戻った。

「ヨネちゃん、僕も君が好きだよ」

二人は川原に並《なら》んで座《すわ》り、夕焼けを眺《なが》めた。まるで、天に広がる大きなオレンジの海だ。

「不思議ね。こうして一緒《いっしょ》にいられるなんて」

「本当に不思議だね。ヨネちゃん、僕は今日のことを、死ぬ瞬間まで忘《わす》れないよ」

真田くんの言葉に、ヨネは弱々しく笑った。

「真田くん、あたしだって、もう死んでも思い残すことはないわ」

「はは。どうしたの？　大げさだな」

「大げさじゃないよ。だって……」

そう言いかけて、ヨネは、「いけない、これ以上言ったら、ルール違反《いはん》だ」と思い、口をつぐんだ。

真田くんは優《やさ》しく笑った。

「僕ら、同じことを考えていたんだね」

二人は手を重ねた。


次の日の朝、斉藤先生は出席簿《しゅっせきぼ》を開きながらクラスを見渡した。

「三島ヨネと真田一郎、今日はちゃんと来てるな。昨日の風邪《かぜ》は、もう大丈夫か？」


ヨネの意識は、死ぬ寸前《すんぜん》に戻り、そして静かに息をひきとった。家族はヨネおばあちゃんの旅立ちをあたたかく見守った。

「おばあちゃん、笑ってたね。何か楽しいことでも思い出してたのかな？」

それと同じ頃、遠く離れた町で、真田一郎さんも微笑《ほほえ》みながら息を引き取った。なぜ一郎おじいちゃんが微笑んだのか、家族にはわからなかった。その微笑みは、少年のように明るく、はにかんだものだった。

（作　千葉聡）

幽霊屋敷《ゆうれいやしき》

本日ご紹介《しょうかい》する洋館は、まわりを緑におおわれた海の見える高台にあります。

もともとは明治の終わり頃《ころ》にイギリスの貿易商が別荘《べっそう》として建てたもので、ヨーロッパ風のモダンな建築は、今見ても全然古さを感じさせない洗練《せんれん》された美しさです。玄関《げんかん》の三連アーチや四《よ》つ葉《ば》のクローバーを模《も》した窓《まど》は工芸品としても有名で、わざわざ訪《おとず》れて写真を撮《と》っていく観光客が後《あと》を絶《た》ちません。

ところがこの洋館、実は別のことでも有名なのです。それはなんと、「幽霊《ゆうれい》が出る」という噂《うわさ》があるのです。今日は我々《われわれ》『オカルト世紀二〇××』取材班《しゅざいはん》が、突撃《とつげき》レポートでその真相をあばいてみようと思います。はたして幽霊は存在《そんざい》するのか？　みなさん、乞《こ》うご期待。

ぼくは、いつものようにリビングルームのソファにお兄ちゃんと並《なら》んで寝転《ねころ》び、テレビのスイッチをオンにした。画面の中では、ずんぐりした体型の男の人――レポーターが話し始めていた。

「さて皆《みな》さん。こちらの方《かた》が、この洋館にお住まいの丸尾良秀《まるおよしひで》さんです。丸尾さん。今日はよろしくお願いします」

挨拶《あいさつ》された男性はアーム付きの椅子《いす》に座《すわ》ったまま会釈《えしゃく》した。たぶん50歳《さい》くらいだろう。白髪《しらが》の混《ま》じった髪《かみ》は真ん中から分けられて、口のまわりの無精《ぶしょう》ひげとあいまって銀髪《ぎんぱつ》のライオンのようにも見える。でも、丸めがねの奥《おく》の目は垂《た》れ下《さ》がっていて優《やさ》しげだ。赤と白のチェックのシャツをコーデュロイのズボンにきちんと入れて、ズボン吊《つ》りも似合《にあ》っている。いかにも、「心にゆとりのあるお金持ち」といった風貌《ふうぼう》だった。

職業は小説家で、大ヒット作はないものの、これまでに何十冊も作品を出しているという。子どもはとうに独立し、妻には数年前に先立たれ、現在はこの洋館に1人で住んでいるそうだ。

「お兄ちゃん。小説家って、何？」

首を横にひねってたずねると、お兄ちゃんはアクビをして答えた。

「よく知らないけど、どうでもいい仕事だよ。『○○家《か》』っていう職業の人間は、たいてい他《ほか》に能がないだけで、何かやっているふりをするために仕方なくそう名乗っているだけなんだ」

お兄ちゃんは、いつもこういう皮肉めいたことを言う。テレビに映《うつ》る人間を、自分より格下《かくした》だと決めつけて見下《みくだ》すのだ。ぼくは、そんなことはないと思うけど、今は番組の続きが気になるから、黙《だま》って鼻先《はなさき》を正面に戻《もど》した。


「丸尾さん。さっそくお話をお聞かせください」

「はい。実は、わたしが、ここに住み始めたのは、2ヵ月前からなんです。もともとこの洋館は、貿易商のスミス氏が建てたものですが、スミス氏はきっちり1年で引《ひ》っ越《こ》しました。そして彼以降《かれいこう》、何人もの人間がここに住んでいますが、みんなきっちり1年で引っ越しています。住人として有名なのは、日本を代表する画家であった、白川雅春《しらかわまさはる》氏です。白川氏は古くなった内部を改築《かいちく》して当時の最先端《さいせんたん》の調度品《ちょうどひん》をそろえました。ランプや机《つくえ》や本棚《ほんだな》などですね。そのほとんどは、わたしが住んでいる今もそのまま残っています」

レポーターが室内を見回す。

「なるほど。気品がある部屋だと感じたのは、家具が高級だからですね。しかし、どの家具も、いかにもいわくがありそうだ」

黒檀《こくたん》製の重厚な本棚には分厚《ぶあつ》い辞典や箱入りの書物《しょもつ》がぎっしりとつまっている。年季《ねんき》の入った書き物机《かものづくえ》の上には原稿《げんこう》用紙やペンが無造作《むぞうさ》に置かれていて、いつもここで仕事をしているのだろうと思わせる。カーテンは閉《し》められ、天井《てんじょう》から吊《つ》り下《さ》がったシェードつきの間接照明が室内をオレンジ色に染《そ》め、壁際《かべぎわ》に帽子《ぼうし》かけの影《かげ》を作っている。

その影が突然《とつぜん》ゆらりと揺《ゆ》れて、がたりと物音を立てた。レポーターが悲鳴をあげる。

「わっ、な、何ですか今のは？」

「ああ、ビックリさせてすみません。ほら、おいで」

丸尾氏が手招《てまね》くと、物陰《ものかげ》からのそっと猫《ねこ》が現れて、彼の腕《うで》の中に飛《と》び込《こ》んだ。目つきの鋭《するど》い猫だった。

「わたしの家族です。オスで、名前はシルバー。きれいな銀色の毛をしているしょう？　今日は知らない人が来たから緊張《きんちょう》しているんですよ」

「変な声をあげて失礼しました。かわいい猫ちゃんですね」

レポーターが屈《かが》んで頭をなでようとするが、シルバーは腕《うで》の中から飛び出て床《ゆか》に逃《に》げた。それから、小さくうなりながら部屋の隅《すみ》のほうをにらみつける。

「丸尾さん、あれは？」

「ときどきああなるんです。何もいないはずの壁《かべ》に向かって威嚇《いかく》を始める。猫は人間よりも感覚が鋭《するど》いっていいますけど、いったい何が見えているのでしょうね」

「不気味《ぶきみ》ですね。あの油絵に向かってうなっているようですが……」

レポーターが指したのは、壁に掛《か》けられた一枚《まい》の大きな絵だ。これまた年代を感じさせる洋画で、ベッドにもたれて憂鬱《ゆううつ》な表情を浮《う》かべる女性の姿《すがた》が描《えが》かれている。

「一見《いっけん》すると、ふつうの絵ですが……。おや？　何かが……」

首を傾《かし》げながら絵に近づいていったレポーターの表情が、みるみるうちに青ざめていった。

「そんな馬鹿《ばか》な……。この絵、動いているぞ！」

同行しているカメラマンがレポーターの背後《はいご》に回り込み、絵を大きく映し出した。すると、油絵の中の女性は視線《しせん》に気づいたように顔を上げ、目を細めて微笑《ほほえ》んだではないか。カメラマンも思わず叫《さけ》ぶ。

「うわっ、なんだこれは!?」

２人の様子を見て、丸尾氏はため息《いき》交じりに言った。

「それが、お呼《よ》びした理由です。この家には、何か不思議なものが棲《す》みついている。あなたが『オカルト世紀二〇××』は、さまざまな超常《ちょうじょう》現象を取材していて、実際にインチキやトリックをあばいたこともあるでしょう？　ひょっとしたら、この家の謎《なぞ》を解《と》き明《あ》かしてくれるんじゃないかと期待して、応募《おうぼ》したのです」

「しかし、絵が動くなんて初めて見ました。信じられないなぁ」

「絵が動くなんて、まだかわいいものです。もっと恐《おそ》ろしい……いや、困《こま》ったことは、山ほどある」

そのとき、帽子かけから山高帽《やまたかぼう》がパサリと落ちた。丸尾氏、レポーター、カメラマンの３人は同時にギョッとしたように身をすくめ、視線をそちらに移す。すると帽子はふわりと浮き上がり、大人の人間の頭ほどの高さで止まった。それからゆっくりと、だんだんリズミカルに、左右にゆらゆら揺《ゆ》れ動く。まるで透明《とうめい》人間がそこにいて、帽子を被《かぶ》って軽快なダンスを始めたようだ。

やがて、ダンスに呼応《こおう》したかのように、本棚《ほんだな》からぶ厚い本がずずっと飛び出し、ページが開いて、鳥か蝶《ちょう》のように羽ばたきだした。それを追いかけて別の本も動きだし、たちまち室内は飛び回る書物であふれかえる。１冊が飛ぶのに失敗してバサリと床に落ち、その振動《しんどう》で目を覚《さ》ましたように机の上のペンやハサミが立ち上がり、その場でクルクルと踊《おど》り出《だ》す。

「丸尾さん、こ、これは……？」

レポーターは絶句《ぜっく》し、その場に尻《しり》モチをついた。丸尾氏が立ち上がって、彼を起こそうと手を伸《の》ばす。するとズボン吊《つ》りがパチンと外《はず》れ、ニョロニョロとヘビのようにくねりだした。丸尾氏はうんざりした顔で首を振《ふ》る。

「はぁ。またこれだ。わたしはもう麻痺《まひ》してしまっているのでしょう。怖《こわ》いとか恐《おそ》ろしいというよりも、ただただ困《こま》っています。見えない何かに見張《みは》られていて、からかわれているんじゃないかって気さえします。ここを借りるとき、最低でも１年は住んでくれと言われたが、こんなんじゃー１年どころか半年でも耐《た》えられない」

「いったいぜんたい、どんな仕掛《しか》けが？」

「仕掛けなんてありませんよ。言ったでしょう？　不思議なものが棲《す》みついているって」

「そんなもの、我々は信じていませんよ。だってそうでしょう？　この世に科学で解明《かいめい》できないものはない。これまで、幽霊だの怪奇《かいき》現象だのと言われているものをたくさん見てきました。テレビでは盛《も》り上《あ》げるために隠《かく》していますが、本当はすべて仕掛けがあったか、依頼人《いらいにん》の勘違《かんちが》いだった。今回もそうに決まっている。そうだ、我々はそれを解明しに来たんだ。この部屋には、仕掛けが施《ほどこ》されていて、あなたはそれを使ってわたしを驚《おどろ》かしているんでしょう?」

「仕掛けは何もありませんよ。念のため言っておきますが、協力者だっていない。今ここにいるのはわたしとレポーターさんとカメラマンの方。それ以外は、シルバーだけです」

「信じられるものか。よし、ではわたしが、今からあの絵を取り外して裏《うら》を確認《かくにん》します」

レポーターは意を決したようにうなずくと、ようやく立ち上がり、壁の絵に近づいていく。その背中越《ご》しに丸尾氏が言う。

「絵の中の女性に注意してください。彼女は気性《きしょう》が荒《あら》いですからね」

しかしその説明は、レポーターには届《とど》いていないようだった。無理もない。絵の中から女性の髪の毛がうねうねとうねりながら伸び出てきて、彼の首筋《くびすじ》にぐるりと巻《ま》きついたのだから。

「うわっ、なんだやめろ、すごい力だ……」

レポーターは苦しそうな表情を浮かべ、じわじわと絵画のほうへ引きずられていく。そしてついに、断末魔《だんまつま》の悲鳴をあげることもなく、頭からすっぽりと絵画の中に引きずりこまれてしまった。

それを見てカメラマンが悲鳴をあげる。

「もう無理だ！　撮影《さつえい》なんて中止だ！　おれは逃《に》げるぞ！」

テレビカメラを放り投げるとドアを飛び出し、ドタドタと不細工《ぶさいく》な足音を立てて階段《かいだん》を駆《か》け下《お》りていった。

取り残された丸尾氏は、力なく椅子《いす》にへたりこみ、涙を流し、鼻水をたらしながら絶叫《ぜっきょう》した。

「くそう！　なんなんだこの家は！　小洒落《こじゃれ》た門や、窓から見える景色のよさにダマされた。孫《まご》が遊びに来ても怖《こわ》がって帰ってしまうし、友だちだって寄りつかない。仕事もろくに進まない。どうすればいいんだ!!」

もはや、怒っているのか泣いているのかすらわからない。

かわいそうな丸尾氏の様子を見て、お兄ちゃんが笑《わら》った。

「マルオって、本当に馬鹿だなぁ」

また人を見下したような言い方だったので、むっとしてぼくは反論《はんろん》する。

「でも、ンパよりは賢《かしこ》いよ」

「ンパはチンパンジーだ。そりゃ、人間はチンパンジーよりは賢いだろう」

「そりゃそうだけど……」

テレビの中では、飛び回る本たちに囲まれて行き場を失った丸尾氏が腰《こし》を抜《ぬ》かしながら机の下に逃《に》げ込《こ》んだ。その様子《ようす》に、困《こま》ったような声のナレーションが入る。

「あらあら、マルオさん。そんなところに隠《かく》れてどうするの。猫《ねこ》と違《ちが》って人間は図体《ずうたい》がでかいから、お尻《しり》がはみ出ちゃってますよ」

どっという笑い声が入り、画面はスタジオの様子を映《うつ》し出《だ》した。ゲストの人気アイドルが楽しげな笑顔で感想を言う。

「まさか、マルオさんが、テレビ局を呼ぶなんて、思いもしませんでした。ほんと、おりこうでかわいいですね」

「マルオさんはやることが創意工夫《そういくふう》に富んでいて、もしかすると今まで屋敷《やしき》に住んだ人間の中でいちばんおりこうさんかもしれませんね」

司会者はうなずきながら答えると、顔を真正面に向けた。

「テレビの前の皆さん、ご安心ください。マルオさん以外の人間の記憶《きおく》は、このあとスタッフが責任をもって消去しました。絵画に吸《す》い込《こ》まれた人間も、あのあときちんと放《ほう》り出《だ》しましたので大丈夫《だいじょうぶ》です。ということで、今夜はこのへんで。『わくわくニンゲン観察記』、また来週をお楽しみに！」

人類が滅亡《めつぼう》し、ぼくたちが地球の支配者になって数百年が経つ。タイムマシーンも20年ほど前に実用化されて、過去《かこ》に戻《もど》って人間を見に行くことが、最近じゃ世界的なブームだ。お金持ちの家の子たちは、夏休みにもなればこぞって過去に家族旅行する。人間はぼくたちのことが大好きで、からかっても笑顔で寄ってくる習性があるから、簡単《かんたん》に近づくことができるらしい。

人間の生態を観察するバラエティ番組も大人気だ。今観《み》ていた『わくわくニンゲン観察記』は、番組がセットとして建てた屋敷に人間を住まわせてイタズラし、その反応を見て楽しむ人気番組だ。ワンシーズンの放映《ほうえい》期間は1年で、1年ごとに住人は卒業となり、代わりに新しい人間が屋敷に引っ越してくる。

前回のトダ君は最初の3ヵ月ですっかり気が滅入《めい》ったらしく、後半はずっとベッドにもぐってブツブツつぶやいているだけになってしまった。視聴者《しちょうしゃ》からは「動物虐待《ぎゃくたい》」という苦情《くじょう》がたくさんきたそうだ。でも、お兄ちゃんが言うには、過去の人間——それもとっくに死んでいる人間を相手にした場合、現在の法律《ほうりつ》は適用されないとのことだ。「法律不遡及《ふそきゅう》の原則」というらしい。

それに、過去の人間がどうなろうとも、現在の我々の文明に影響《えいきょう》を及《およ》ぼすことはないという最終報告が、国際時間研究調査会議において発表され、国際タイムマシーン条約は全世界に批《ひ》准《じゅん》されている。結局、人類は滅亡してしまうのである。何も問題はない。

というわけで、今シーズンの住人マルオさんは、他局の動物番組に出てくるチンパンジーのンパと並《なら》んでお茶《ちゃ》の間《ま》の人気アニマルアイドルなのだ。

「それにしても、お父さんもたいへんな仕事だよね。ああやって人間のそばで仕《し》掛《か》けを動かさなくちゃいけないんだから」

「ちっとも大変じゃないさ。だって人間は、ぼくらが見ているものが見えないし、いくら合図《あいず》しても気づかない。絵を動かすときの合図も不思議そうに見ていたろう？　そのくせあいつらときたら、自分たちのほうがぼくらよりも賢《かしこ》いと思《おも》い込《こ》んでいるんだから笑えるよな」

「でもお兄ちゃん、マルオさんと会えるの楽しみにしてるじゃん」

「それはそうだよ。だって動物の中で人間がいちばんかわいいもん。それに、ついに家族で過去に旅行するんだ。お父さんも向こうでは一緒《いっしょ》に観光できるんだろ？」

「うん。約束してくれたよ。楽しみだね」

お父さんの仕事はテレビタレントだ。仕事のせいで家に帰れないことも多いけど、一緒に出かければ、周りから必ずと言っていいほど、「あっ、シルバーだ！」と声をかけられる売れっ子だ。そんなお父さんを、ぼくは誇《ほこ》りに思っている。

（作　高木敦史）

会えるのは一度だけ

その国では、平和な時代が長く続いた。人々は安定した暮《く》らしがずっと続くと思っていた。しかし、突然《とつぜん》、戦争が始まり、たくさんの男たちが戦場へ駆《か》り出《だ》された。

山あいの小さな町でも、ある若い男が兵士に選ばれた。彼が戦地へ赴《おもむ》く日、妻と幼《おさな》い息子《むすこ》は、必死で涙《なみだ》をこらえていた。別《わか》れ際《ぎわ》、彼は言った。

「俺《おれ》は必ず帰ってくる。待っていてくれ」

だが、その約束が果たされる前に、戦況《せんきょう》は激《はげ》しさを増し、彼は激戦《げきせん》のなかで命を落とした。

愛し合う2人には、何か不思議な絆《きずな》があるのだろう。戦場で彼が息絶《いきた》えた瞬間《しゅんかん》、妻には、「今、私の愛《いと》しい夫が死んだ」ということがわかった。洗《あら》っていた皿が手から落ち、2つに割《わ》れた。

そのとき、頭の中で夫の声が聞こえた。

「俺はたった今、死んでしまった。約束を守れず、本当にすまない。俺もつらい。だが、神様が特別にお慈悲《じひ》をくださった。今後、お前がつらくなったときに、一度だけ、お前に会うことができるそうだ。俺が必要なときには、心の中で俺を呼《よ》んでくれ。必ずお前に会いに行くから」

妻は幼い子どもをかかえ、一人で頑張った。息子が大病にかかったとき、「あなた、会いに来て」と念じようとしたが、すぐに思い直した。

「今は、私が強くなればいいんだ。私が頑張《がんば》って看病《かんびょう》すれば、この子はきっとよくなる。これから先、もっとつらいことがあるだろう。夫に会うのは、そのときにとっておこう」

息子は回復し、やがて戦争は終わった。しかし、その後を生《い》き抜《ぬ》くのは大変だった。家に泥《どろ》棒《ぼう》が入ったり、勤《つと》めていた工場がつぶれたり、自分が病気にかかったり……。そのたびに妻はつぶやいた。

「これから先、もっとつらいことがあるだろう。夫に会うのは、そのときにとっておこう」

息子が結婚《けっこん》し、やがて孫《まご》を抱《だ》かせてくれた。その孫も大きくなり、「おばあちゃん」と呼んでくれるようになった。

ある秋の夜、すっかり年《とし》老《お》いた妻は、ベッドから窓《まど》の外を眺《なが》めた。

「もうそろそろ私も死ぬんだわ。今までいろいろあったけど、過ぎてしまえば、みんな楽しい思い出だわ」

夜空に夫の顔が浮《う》かぶ。妻はつぶやいた。

「今は、あなたに会いたくてしかたないの。私のわがままに応《こた》えて、あなた、どうか一度だけ会いに来て」

すると、雲間《くもま》から月が輝《かがや》き、部屋に光が満ちた。妻のすぐそばに、若き日の姿《すがた》の夫が立っていた。

「もっと早く呼んでくれるかと思っていたよ」

月の光に包まれた夫は、妻の手をとった。妻は微笑《ほほえ》んだ。

「何度も呼びたいと思ったわ。でも、もう一度あなたと別れるということ。あなたを呼んでしまったら、今度こそ本当にあなたに会えなくなってしまう、ということでしょ？　一度、死によってあなたを失った私には、生きているうちに、もう一度あなたを失うなんて、耐《た》えられなかったの。来てくれてありがとう。あなたが心配していてくれると思うだけで、私はどんなときも勇気を持てたのよ」

やがて月は雲に隠《かく》れ、夫の姿はぼやけ始める。妻は夫の手を握《にぎ》り返した。

「これで、あなたとはお別れね。いえ、今度は、私があなたに会いに行くわ。このあと、空の上で、また一緒《いっしょ》になれるのかしら」

夫は優《やさ》しく微笑《ほほえ》んで消えた。

静まり返った部屋で、妻は深い深い眠《ねむ》りについた。

（作　千葉聡）

素《す》敵《てき》なドラマ

——スクリーンのなかには、素敵なドラマがある。

劇《げき》場《じょう》に入って、座《ざ》席《せき》に座《すわ》る。予告編が幾《いく》つか流れた後、すうっと明かりが消える。そして、まだ自分の知らない世界への旅が始まる。

大学時代、わたしは膨《ぼう》大《だい》な自分の持ち時間を、そんな世界を旅して過ごした。学校にいる時間より、映《えい》画《が》館《かん》にいる時間のほうが確実に長かった。だから大手映画会社から念願の内定をもらった時は、嬉《うれ》しくて泣いてしまった。社会人になっても、変わらず素敵なドラマが観《み》続《つづ》けられるなんて。そして誰《だれ》かに素敵なドラマを提《てい》供《きょう》する側になれるなんて。

ところが、わたしの配属先は、都内の巨《きょ》大《だい》な映画館だった。担《たん》当《とう》業務は、チケットカウンターや売店での接客。てっきり映画製作ができると思っていたわたしは、4月が終わる頃《ころ》には、早くも心が折れそうになっていた。

それまであまり自覚がなかったのだが、どうやらわたしが好きなのは映画の世界のなかの人間で、生身《なまみ》の人間はどちらかというと苦手だったのだ。映画製作の近くにいるのに、手が届《とど》かない。その状態が、かえってつらかった。

そんな気持ちで迎《むか》えたゴールデンウィークのさなかの、とある人気アニメの公開日のこと。その日のわたしは、チケットカウンターの担当で、少しほっとしていた。

休日の売店はいつも通勤ラッシュ状態。それに対して、チケットカウンターは閑散《かんさん》としているため、のんびりと仕事ができるからだ。話題のアニメの公開日とはいえ、開館と同時に徹夜《てつや》組《ぐみ》がなだれ込《こ》んできてカウンターの前に列を作るという時代ではない。座席は今やインターネット予約が主流で、4日前に売り出された今日の分は、すでに終日満席になっている。予約した人は自動発券機《じどうはっけんき》で当日のチケットに換《か》えるのがふつうだから、今日は1日、ふだんよりかえって暇《ひま》かもしれない。

開館時間になり、自動ドアのロックが解除《かいじょ》になった。さっそくドアが開いて、5歳《さい》くらいの女の子がおばあちゃんと手をつないで入ってくる。2人はしばらくキョロキョロとフロアを見回していたが、おばあちゃんのほうがわたしの座るチケットカウンターを見つけたようだ。おばあちゃんになにか言われた女の子が、小走りにカウンターに駆《か》け寄《よ》ってくる。そして、おばあちゃんのほうを振《ふ》り向《む》き、大きな声で言った。

「おばあちゃん！　いちばんだよ‼」

女の子は精一杯背伸《せいいっぱいせの》びをしてカウンター台に手を置き、元気いっぱいの声でわたしにアニメのタイトルを告げると、「大人１枚、子ども１枚くだしゃい」と言って、嬉しそうに笑った。

なんでこんな役をわたしが……。先ほどのほっとした気持ちから一転、天を呪《のろ》いたい気持ちになる。でも、これがわたしの仕事である。わざと平坦《へいたん》な言い方で、わたしは言った。

「そのアニメーションは、予約でいっぱいです。申《もう》し訳《わけ》ございません」

「そうしたら、次の回に観させていただこうかしら」

女の子の後ろにやってきていたおばあちゃんが、上品な声でそう言った。さらに天を呪いながら、わたしは答える。

「申し訳ございません。今日は終日、全回満席です」

「そんな……一番にここに着いたのに……」

「今は、ほとんどの方が、インターネットで事前に予約をされておりまして、申し訳ございません」

「インターネット……。そうですか……」

おばあちゃんの顔が苦しげにゆがむ。

「おばあちゃん、どうしたの？　どうしたの？」

女の子が不安そうに聞く。おばあちゃんは、その場にしゃがんで、女の子としっかり目線を合わせ、言った。

「ちいちゃん、ごめんね。おばあちゃんがいけないの。予約をしておかないと、いけなかったの。でも、おばあちゃんはインターネットとか、そういうのが全然わからなくて。ごめんね、ちいちゃん。本当にごめんね」

ちいちゃんは、一瞬《いっしゅん》、「ひっく」と声を上げ、号泣寸前《ごうきゅうすんぜん》の表情になった。でも、自分が泣《な》いたらおばあちゃんがすごく悲しむと、子ども心にわかったのだろう。唇《くちびる》をしっかりと横に結んで、正面をキッとにらみつけている。

「また来週、来てみようね」と言うおばあちゃんに、「……うん」と小さくうなずいた女の子だったが、後から映画館に入って来た家族連れが、カウンターの前を素通《すどお》りして楽しそうに館内に吸《す》い込《こ》まれていくのを見た瞬間《しゅんかん》、我慢《がまん》できずに涙《なみだ》をポロポロこぼしてしまった。

わたしの胸《むね》は張《は》り裂《さ》けそうになる。映画館は、夢を見たいと思ってやって来た人の願いをかなえるための場所なのに。夢をかなえてあげられないなら、そんな仕事に意味があるのだろうか。わたしは、そんな気持ちにフタをして、黙々《もくもく》と仕事を続けた。

チケットカウンターの横に、背の高い男子が思いつめた表情で立っている。大学生だろうか。するとそのアニメの上映《じょうえい》開始時間ギリギリに、とてもきれいな、だけどちょっと気の強そうな女子が駆《か》け込《こ》んできて、男子に向かって手を上げた。

「ごめん、ギリギリになっちゃった！　間に合うよね？」

すると男子は顔をくもらせ、情《なさ》けない声で言った。

「ミキ、それが……悪い、ごめん！　俺《おれ》、ちょっと、チケットがきちんと予約できていなくて……今日……満席だって」

「はあっ⁉　なんで？　だって、ずっと観《み》たいって言ってたじゃん‼　ってか、先週、予約できたって言ってなかった？　ウソだったの？　ちょっと信じらんない！」

怒《いか》りを爆発《ばくはつ》させる女子に、「ごめん……」と男子は平謝《ひらあやま》りするだけ。「もういいっ！」、きれいな女子はヒールの音をカツカツと鳴らし、映画館を出て行ってしまった。

男子は女子の背中を見送ってため息をついた。そこで、強い視線《しせん》を感じたのか、チケットカウンターのほうを振り向いた。それは、わたしの視線である。男子の目とわたしの目が合う。わたしは、思いっきり首を縦《たて》に振《ふ》る。「あなたは間違《まちが》っていない」と、伝えたかった。男子は参ったなという顔をした後、照れくさそうな笑顔を浮《う》かべてわたしに会釈《えしゃく》すると、ゆっくり映画館を出て行った。


「あなたは間違っていない」

わたしは、もう一度、今度は声に出してつぶやいた。

わたしは見ていた。数分前、チケットカウンターの横で人待ち顔に立っていた背の高い男子が、すっと映画館の出入り口のほうへ歩いて行き、出て行こうとする女の子とおばあちゃんを呼び止めたのを。おばあちゃんと少し話した後、男子が小さな紙のようなものを女の子に手渡《てわた》したのを。すると、女の子がとびきりの笑顔になり、おばあちゃんが何度も深々頭を下げながら、2人で手をつないで映画館の中へ入っていったのを。

実際には聞こえなかったが、サイレント映画だったらこんな字幕がついていただろう。

「突然、すいません。もしかして、今日、このアニメを観にいらしたんじゃないですか？　実は、僕の連れが急病で来られなくなったって連絡《れんらく》があって。チケットもったいないんで、僕らの代わりに観てくれませんか？」

スクリーンのなかには素敵なドラマがある。だからわたしは映画が大好きだ。でも、どうやらスクリーンの外にも素敵なドラマがありそうだ。もう少しこの場所で、素敵なドラマを見つけてみたいとわたしは思った。

（作　ハルノユウキ）

呪《のろ》いの指輪

夕暮《ゆうぐ》れ時、町角《まちかど》にある小さな宝石店《ほうせきてん》を、１人の女性が訪《おとず》れた。女性は毛皮のコートに身を包《つつ》んでいたが、小柄《こがら》なため、動物をおぶっているように見えてしまう。高いハイヒールをはいて少しでも体を大きく見せようとしているようだった。

深紅《しんく》のハイヒールをカツカツさせて店内を歩きまわっていたその女性は、あるショーケースの前で足を止めた。そこには、大きな宝石のついた指輪が飾《かざ》られている。深い緑色に、黒い渦《うず》状《じょう》の模様《もよう》がうっすら浮《う》かんだ不思議《ふしぎ》な石だ。なんという宝石なのかはわからなかったが、女性は一瞬《いっしゅん》にして、その指輪に目を奪《うば》われた。

しかし、その指輪は値段《ねだん》も人目を引くものだった。ざっと見たところ、この店でもっとも高い値がつけられている。女性は、ゼロを数えた指をそのままアゴにそっと添《そ》えた。ふつうの人なら、まず手が出せない値段。しかし、女性の顔に、あきらめの色は見えなかった。

「いらっしゃいませ」

そこに、店主の男が現れた。髪《かみ》の量は十分にあるが、色は黒より白が多い。女性客を見つけた瞳《ひとみ》が、カエルの目のようにギョロリと動いた。

「何か、お探《さが》しですか？」

「ちょっと、のぞいてみただけだったんだけど、素敵《すてき》な指輪があるわね」

女性はそう言うと、ハイヒールと同じまっ赤《か》な口紅《くちべに》をひいた唇《くちびる》を優美《ゆうび》につり上げた。

「この指輪をいただこうかしら」

マニキュアを塗《ぬ》った長い爪《つめ》で、女性は、不思議な魅力《みりょく》を放っている例の指輪を、迷《まよ》うことなく指《さ》したのだった。

しかし、それを見た店主は、すっと眉間《みけん》にシワを寄《よ》せた。そんな店主の顔色を見て、女性は金の問題だと思ったらしい。

「心配しないで。わたし、夫が資産家だから、お金には余裕《よゆう》があるの。わたしは後妻《ごさい》なんだけど、夫はとてもいい人でね。背《せ》も180センチくらいあって、カッコよくて、優《やさ》しくて、わたしが欲《ほ》しいと言えば、夫はなんでも買ってくれるわ」

まっ赤な唇をつり上げ、女性が言う。それでも、店主の眉間《みけん》からシワは消えなかった。

「いいえ、お金の問題ではなく……こちらの指輪は、どなたにもお売りできないんですよ」

「売れない？　売れないって、どういうこと？　店頭にこうして置いているということは、商品ということでしょう？」

今度は、女性が眉間にシワを寄せる番だった。すると店主が、おっくうそうに首を振《ふ》る。

「こちらはですね、商品ではあるのですが、展示《てんじ》用でして、売るつもりはないんですよ」

「だったら、値札《ねふだ》がついているのは不自然じゃなくて？」

「それには、ワケがありまして……」

煮《に》え切《き》らない返事を、店主が口の中でつぶやく。それがますます、女性には気に食わない。

「いいじゃない、売ってちょうだい。わたし、この指輪が気に入ったの」

「いいえ、ですから……じつは、それはもう、すでに売約済《ばいやくず》みの商品でして」

売約済み？　と、オウム返しにつぶやいた女性のほっそりした眉《まゆ》が、機嫌《きげん》を損《そこ》ねたようにピクリと動いた。

「言ってることが違《ちが》うじゃない。売れないって言っておきながら、わたし以外の客には売るの？

客を選ぶの？　だったら、わたしがもっと高いお金を払えば文句はないのかしら」

「は？」

「ここに書かれてある値段より多く出すと言ってるの。そうしたら、売ってくれるかしら？」

それは……と、店主が困《こま》り果《は》てたように口ごもる。カエルのような目をくるくると動かして、必死に考えをめぐらせているようだった。

やがて、いい考えが浮かばなかったのか、店主の口からあきらめたようなため息がもれた。

「だめです。どうあっても、お売りすることはできません」

これまでで一番しっかりとした口調に、女性は、かっと頰《ほお》に血を上らせた。

「売るつもりがないなら、どうして売り物として置いているのかって聞いてるの！　しかも、見えすいたウソまでついて、不愉快《ふゆかい》だわ!!」

声を荒《あら》らげる女性を、店主が上目《うわめ》づかいに見る。この数分で、一気に年をとったように見えた。

「わかりました。では、お話ししましょう。どうして、この指輪をお売りできないのか」

「もったいぶらないで！　客を選んでるだけでしょう!?」

噛《か》みつくように言い放つ女性に、店主は疲《つか》れきったように、首を横に振《ふ》った。

「そんなことじゃありません。これは……この指輪は、呪《のろ》いの指輪なんです」

一語一語を噛《か》み締《し》めるように口にした店主を、女性はまじまじと見つめた。

「呪い、ですって？」

「はい……。これまでに何人もの人々が、この指輪の持ち主になりました。しかし、その人たちは、ことごとく非業《ひごう》の死をとげているのです。ある人は健康そのものだったにもかかわらず突然《とつぜん》の心臓《しんぞう》発作《ほっさ》で倒《たお》れ、ある人は自宅《じたく》のプールに服を着たまま浮《う》かんでいるところを発見され……。やがて、この指輪には呪いがかかっていると、まことしやかに噂《うわさ》されるようになりました。それが流れ流れて、今はうちに……」

ふうん、と、女の長い爪《つめ》が唇《くちびる》をなぞる。そこに、いたずらっぽい笑《え》みが生まれた。

「そんな物騒《ぶっそう》なものに、よくこれだけの値段をつけるわね」

「売れないようにするための措置《そち》です。売約済の『売り物』にして飾《かざ》っているかぎり、この指輪はわたしのものではありませんから、わたしに呪いはかかりません。ですが、『売り物』でなくすると、わたしの所有物になってしまいます。そうすれば、わたしに呪いがかかってしまう。先代の店主は、売り物にしなかったせいで不幸な列車事故にあい、亡《な》くなりました」

ぷっ、と女性の唇から弾《はじ》けるように笑いがこぼれた。そのまま、女性は声を上げて笑い始める。とまどったようにまばたきを繰《く》り返《かえ》す店主に、やがて、女性が怒りのまなざしを向けた。

「そんなバカなことが、あってたまるもんですか！　あなた、わたしにこの指輪を売りたくないから、いい加減《かげん》なこと言ってるんでしょう？　指輪の呪いなんて、あるわけないじゃない」

店主がカエル目を、いっそうギョロリと大きく見開く。女性の気迫《きはく》も負けてはいなかった。

「ふざけるのも、いい加減にして！　あなたがどうしてもこの指輪を売らないというのなら、店ごと買い取って、あなたを追い出すだけよ」

女性はニヤリと笑みを浮かべると、ショーケースの中の指輪を横目で見つめた。深緑色の石に、黒い渦《うず》が巻《ま》いている。その渦が、女性の輝《かがや》く瞳《ひとみ》にも映《うつ》りこんだ。

店主が、再び深々と息を吐《は》いた。ついに何かを観念したかのようなため息だった。

「わかりました。しかし、何があっても、わたしは責任をとりませんよ？」

「ええ、けっこうよ。そんなウソくさい呪《のろ》い話なんて気にしないわ」

はっきりとした口調で、女性が言う。カツンカツン、とハイヒールを鳴らしてショーケースに近づいた女性は、両手の平《ひら》をぴたりとケースにくっつけた。指輪を至近距離《しきんきょり》から見つめる瞳が、不穏《ふおん》な輝《かがや》きを帯《お》びる。それを見て、店主はそっと目を閉《と》じた。

「では、お包《つつ》みいたしますので、少々お待ちください」

営業用に切《き》り替《か》えた口調《くちょう》で、店主が言う。すると、ケースを開けようと近づいてきた店主に女性がすっと手の平を向けた。

「ちょっと待って。ついでにお願いなんだけど、この指輪、サイズがちょっと小さいようだから、調整していただけるかしら」

「サイズ、ですか？」

つぶやいた店主が、ちらりと女性の手に目を向けた。小柄《こがら》な女性の手は、一般的な女性の手よりもむしろ一回り小さいように見える。

「お客さまのお手でしたら、指輪のほうが大きいくらいかと思いますが？」

まるで、そう言われることをあらかじめわかっていたかのように、女性は口元をほころばせた。無邪気《むじゃき》な子どものように首を少し横に倒《たお》し、店主に流し目を送る。その目線だけは、無邪気な子どものものではあり得なかった。

「そうじゃなくて、身長180センチくらいの男性の指に入る大きさに直していただきたいの」

女性の言葉に、男がきょとんと目をみはる。それを見て、女は心地《ここち》よさそうに微笑《ほほえ》んだ。狡《こう》猾《かつ》な大人の笑顔だった。

「だって、それは、持ち主を死に追いやる呪いの指輪なんでしょう?」

一拍《いっぱく》おいて、すべてを察《さっ》したように店主は目を細めた。彼もまた、狡猾な大人なのだった。

「かしこまりました。すぐに、お直しいたしますので、こちらでお待ちください。ああ、もし指輪がご不要になりましたら、当店までお申しつけくださいね。奥《おく》さまの所有物になるといけませんから、当店で買い取らせていただきます」

「ええ。ありがとう」

店主がショーケースの鍵《かぎ》を開ける。その中から、女性が自ら指輪を取り出し、店内の明かりに透《す》かして見つめた。

黒い渦《うず》が、2人の瞳《ひとみ》を満たしていた。


(作 桃戸ハル、橘つばさ)

スカウト

ミツコがパートから帰ると、ちょうど、家の電話が鳴っていた。

「……はいはい、誰《だれ》かしら」

電話をとると、くぐもった怪《あや》しい男の声がした。

「娘をあずかっている。返してほしかったら、すぐに身《み》代《しろ》金《きん》500万円を用意するんだ」

「えっ？　何を言っているんですか？」

ミツコは、イタズラだと思った。すると、男は、

「今から、お前の家に行く」

と言って、電話は切れた。

――家に来るって、どういうこと？

考える間もなく、すぐにチャイムがなった。インターホンの映《えい》像《ぞう》を見ると、ニット帽《ぼう》に大き

なサングラスをかけ白いマスクをした男が、玄関先《げんかんさき》に立っている。

ミツコは、振《ふ》り込《こ》め詐欺《さぎ》かもしれないと思いながら、警戒《けいかい》して、玄関のドアを開《あ》けた。

すると男は、無理《むり》やり玄関のなかに入りこんできて、ドアを閉《し》めた。そして、「黙《だま》ってこれを見ろ！　お前の動きは見張《みは》らせてもらう。少しでもおかしな動きをしたら、娘の命はないと思え‼」と言って、スマートフォンで動画を流した。

「……キャー！　……黙《だま》れ！　おとなしくしろ　……やめて――！」

ミツコは目を疑《うたが》った。

それは、間違いなく娘の姿《すがた》だった。娘がイスに縛《しば》りつけられ、刃物《はもの》を持った男におどされている。ミツコは、血の気《け》が引いて、倒《たお》れそうになった。なぜ、うちの娘が？　誰かと間違えられているのでは？　でも、この男は、うちにやって来ている。

「やめて……。娘はどこ？　娘を返して……」

すると男は、笑って言う
「すぐに500万円用意しろ。そうすれば、解放《かいほう》してやる」

500万円という額《がく》は、身代金としては決して高くはない額のように思えた。しかし、ミツコの家庭は、ごく一般的な家庭で、自宅にそんなお金を置いているはずがない。

「……そんな500万円なんて、急に無理です」

「ならば、今から銀行に行け！」

「……夫に聞いてみないと」

「誰にも相談はするな。今、お前ができるか、できないかだ。できないなら、娘の命はない」

男はサングラスの奥《おく》の目を大きく見開いた。

「わっ、わかりました。行きます」

ミツコは、震《ふる》える手で通帳《つうちょう》と印鑑《いんかん》を用意し、駅前の銀行に向かった。すぐうしろを、男がついてきた。

銀行の窓口《まどぐち》が閉まる午後3時が迫《せま》っていた。ミツコは早足《はやあし》になった。もし今、身代金を用意できなかったら、娘はどうなるのか……。

銀行の前にくると、男は小声《こごえ》でうしろから言った。

「……おまえのカバンに盗聴器《とうちょうき》をしかけた。へたな真似《まね》をしたら、娘の命はないぞ」

ミツコは、小さくうなずいた。

男は、防犯《ぼうはん》カメラを警戒《けいかい》して、銀行のなかには入らなかった。銀行内ですきを見て助けを呼《よ》ぶこともできるだろうが、そんなことをしたら娘の命がどうなるかわからない。そんな危険《きけん》を犯《おか》すことはできない。

――娘の命は、私一人に託《たく》されている……。

ミツコは、気持ちを強くした。

銀行に入ると、すぐに現金払戻《げんきんはらいもど》し用紙に「500万円」と記入し、印鑑を押《お》し、窓口の順番を待った。見ると、男は銀行の外から様子《ようす》をうかがっている。

窓口の順番が来ると、通帳と用紙を提出して払《はら》い戻《もど》しを頼《たの》んだ。若い女性の職員は、その金額の大きさに気づくと、一瞬《いっしゅん》、動揺《どうよう》したように見えたが、すぐに冷静になった。

「ご本人様と確認《かくにん》できるものはお持ちですか?」

「はい」

ミツコは、運転免許証を提出した。

女性の職員は、お席でお待ちください、と言って、奥のほうに下がった。

――こんな大金を一度に引き出せるのかしら……。

それだけが心配だった。

女性の行員《こういん》は、他の男性の行員と何やら相談している。その男性が、ちらっと、こちらをうかがう。振《ふ》り込《こ》め詐欺《さぎ》でも警戒《けいかい》しているのだろう。

──お願いだから、ほっといて……。

たっぷり時間をかけて、窓口が閉まる3時直前に、ようやくミツコの名前が呼ばれた。

一般の窓口ではなく、別のテーブルに案内された。そこで、ベテランの男性の行員が現金を積み上げて、差《さ》し出《だ》した。

「今回は、どういったご入用《いりよう》で?」

「……娘が海外の大学に入学するので、その入学金で」

ミツコは、自然な笑顔をつくりながら、現金を封筒《ふうとう》に入れてカバンにしまった。

「そうですか。今後とも引き続きよろしくお願いいたします。お気をつけて」

行員はそう言って送り出した。

──ふぅ……。なんとか、うまくいったわ。

ミツコは、大きく息をはいた。

銀行を出て、そのまま自宅《じたく》の方向へ向かった。男がついてくる。しばらく行き、人気《ひとけ》がなくなったところで、肩《かた》をぐっとつかまれた。

「もういい。金を渡《わた》せ！」

「待って！　娘は？」

すると、男はスマートフォンの動画を見せた。

そこには、紐《ひも》がほどかれ、解放された娘の様子が映《うつ》っていた。でも、映像《えいぞう》は映像であって、本当に解放されたのかはわからない。

「本当に解放されたの？」

男は黙《だま》ってうなずくと、現金の封筒《ふうとう》をわしづかみにして、走り去っていった。

「あっ！　待って！」

ミツコはその場で警察に連絡《れんらく》し、夫にも連絡した。娘の携帯《けいたい》に連絡したが、ずっとつながらないままだ。警察が自宅にやってきて聞《き》き込《こ》みを行った。夫もすぐに会社から戻《もど》ってきた。

「……私、どうしたらいいかわからなくて。……大丈夫かしら？　本当に娘は解放されたのかしら？」

ミツコは、夫の姿《すがた》を見るなり、泣《な》き崩《くず》れた。

それから数十分後、「お母さん、なんで家の前にパトカーが停《と》まっているの!?」という娘の声が玄関に響《ひび》いた。

娘は、母を見るなりこう言った。

「泥棒《どろぼう》にでも入られたの？　私のほうは、いい意味での事件《じけん》があったよ。今日、スカウトされたの。お母さんにも連絡あったでしょ？」

「緊急《きんきゅう》で映画の代役を探しているんだけど、キミ、出てもらえないかな？」

学校帰りに原宿《はらじゅく》をぶらぶらしていたトモミは、突然《とつぜん》、サングラスをした色黒《いろぐろ》の若い男から声をかけられた。

「えっ！　私？」

「そう、キミだよ。キャスティングしていたタレントさんが、撮影《さつえい》にこられなくなってしまって、その代役の女子高生役を探しているんだ。キミならかわいいし、ぴったりだと思って……。これをきっかけに、芸能界デビューだってあるかもしれないよ。ぜひ、どうかな？」

男はサングラスを外し、情熱的な視線《しせん》で、トモミを真《ま》っ直《す》ぐに見つめた。

トモミは、まさか自分がそんなスカウトの目に留《と》まると思っていなかった。しかし、そうなることを待っていた。だから、こうして学校帰りに原宿をブラブラしていたのだ。突然にチャンスは訪《おとず》れた。トモミはうれしくなった。

「……でも、私にできるかしら？」

「大丈夫《だいじょうぶ》。才能さえあれば、簡単《かんたん》な役だから」

トモミは、う～ん、と考えた。やってソンはない話だ。

「わかりました。やってみます」

「よし、決まりだ！　じゃ、今から撮影現場《さつえいげんば》に連《つ》れていこう」

「今からですか？」

「そう！　さっき言った通り、もう撮影ははじまっているんだ。今、できないんなら、他の人をあたるけど？」

トモミは、慌《あわ》てて首を振《ふ》った。

「いえ、今からで問題ないです」

すると、男は何やら書類を差し出した。

「キミ、高校生だよね。未成年だから、出演にあたっては保護者の許可が必要なんだ」

「はぁ……」

「僕から連絡しておくから、ここに連絡先を書いてくれる？」

「はい、わかりました……」

トモミは、言われるままに自宅の電話番号と住所を書類に書き込んだ。それから、路上に停《と》めてあったクルマに乗って、撮影現場まで行くことになった。

クルマで移動中、映画についていろいろなことを教えてもらった。主演は甘《あま》いマスクで人気爆発中の俳優であること、そして、映画のタイトルなど。そういう情報は極秘事項《ごくひじこう》だということで、外部にもれないよう、スマホはスタッフに預《あず》けることになった。

クルマは30分ほど走り、どこだか知らない町の薄汚《うすよご》れたビルの前で止まった。

「ここですか？」

「そう」

トモミは少し不安になった。立派《りっぱ》な映画スタジオを想像していたが、それとはあまりにもイメージが違《ちが》っていたからだ。

階段《かいだん》を登り、案内されたドアを開けると、そこは内装《ないそう》もされていないコンクリートむき出しのがらんとした部屋で、まさに、映画の撮影が行われている最中《さいちゅう》だった。

何人かの役者が激《はげ》しいアクションをして、誰かが銃《じゅう》で撃《う》たれて倒《たお》れた。

「カッート！」

監督《かんとく》らしき人の声が響《ひび》く。

――すごい、迫力《はくりょく》……。

トモミは、見入ってしまった。

すると、監督が振《ふ》り向《む》き、ドアの前に立つトモミのもとにやってきた。ハンチング帽《ぼう》をかぶり濃《こ》い髭《ひげ》をはやした中年の男で、いかにも監督という雰囲気《ふんいき》を漂《ただよ》わせていた。

「……キミか、ハルカ役は。私がイメージしていたハルカとピッタリだよ」

ハルカというのが、私の役名なのだろう。

「あっ、よろしくお願《ねが》いします！」

トモミは、緊張《きんちょう》しながら挨拶《あいさつ》した。

監督は、さっそくトモミの出演シーンを説明した。

「聞いているると思うけど、この映画は、ミステリー映画でね。キミは誘拐《ゆうかい》される女の子役なんだ」

「誘拐？」

「そう。映画の一番の見せ所だよ。キミはあそこのイスに縛《しば》られて、おどされる。難しいセリフはなくて、とにかくおびえた表情で、悲鳴《ひめい》を上げていればいい。これは、セリフに頼《たよ》れない分、より高度な演技力が必要だが、キミならできると信じている」

「はい、頑張《がんば》ります！」

ちょっと怖《こわ》いシーンだけど、セリフがないほうが緊張しないですむ、とトモミは思った。

「じゃ、やってみようか！」

「はい！」

トモミは、後《うし》ろ手《で》に縛られ、イスに固定された。誘拐犯役の男性の役者が、本物のような鋭《するど》い刃物《はもの》を持って構える。

監督がメガホンを持つ。

――よーい！　スタート！

カチンコがなる。

「キャー！」

トモミは、言われたように思い切り叫《さけ》び、おびえた表情をした。

「黙《だま》れ！　おとなしくしろ」

誘拐犯役の男が鋭い目をむけて、刃物をつきつける。

「やめて――！」

トモミは、刃物をつきつけられ、本当に恐《おそ》ろしくなって思わずそう叫《さけ》んでしまった。カメラが近づき、トモミの表情をアップでとらえる。

「叫んでも無駄《むだ》だ。身代金が届《とど》かなければ、お前はここから出られないぞ……」

男はにやにやと笑う。

「助けて――!!」

――カットォ――!!

監督が、むくっと立ち上がった。

「よし！　これでいいぞ。ＯＫだ！」

トモミはほっとした。演技とはいえ、本当におびえて心臓《しんぞう》がバクバクしていた。

「キミ、いい演技だったよ。才能があるな」

監督がほめてくれた。

「ありがとうございます……」

トモミは素直《すなお》にうれしかった。

それから、誘拐犯《ゆうかいはん》から解放されるところなど、いくつかのシーンを撮影した。

トモミは、本物の映画の撮影現場を体験《たいけん》できたことがとても楽しく、将来《しょうらい》は役者の道を目指そうと、本気で思い始めていた。

撮影終了《しゅうりょう》後、トモミは自宅近くの駅まで車で送ってもらった。

「じゃ、ありがとう。出演料は振り込んでおくから。それと、ほかの作品でも、また、声をかけさせてもらっていいかな？　あ、そうそう、これを返すのを忘《わす》れていた」

トモミは預けていたスマホを受けとった。バッテリーがなくなってしまったらしく、電源《でんげん》を入れても起動しない。トモミは大きな声で言った。

「こちらこそ、ありがとうございました！」

トモミは、今日あったことを母親に報告《ほうこく》したくて、急いで家に帰った。するると、何か事件でもあったのか、家の前には数台のパトカーが停まっていた。トモミは家のなかに入ると、大きな声で聞いた。

「泥棒にでも入られたの？　私のほうは、いい意味での事件があったよ……」


（作　桃戸ハル）

ハチミツと苦労話《くろうばなし》

いつから、こんなことになったのか——。

男は、仕事から帰ると、決まって妻《つま》に暴言《ぼうげん》をあびせるようになった。そのことを男がよしとしているわけではない。彼自身も、そんな自分が嫌《いや》でしかたなかった。なのに、自分の感情がコントロールできないのだ。

その日は、特にひどかった。

「お前が悪いんだ！」

などと言って、とうとう妻の顔を殴《なぐ》りつけてしまったのだ。

恐怖《きょうふ》でふるえる7歳《さい》の息子《むすこ》が、妻に抱《だ》きついてしくしく泣《な》いている。

「お前はうるせぇ！　邪魔《じゃま》だ！」

男は、無理矢理息子の腕《うで》をつかむと、妻から引きはがして、床《ゆか》に投げ飛ばした。

「やめて!!」

妻の絶叫《ぜっきょう》が響《ひび》いた。

息子は頭を打った様子《ようす》だったが、それでもすぐに立ち上がって、母のそばにいく。

「腹立《はらだ》たしい奴《やつ》らだ！」

吐《は》き捨《す》てると、男は居間《いま》に消えた。

なぜ、こんなことになったのか――。


結婚《けっこん》したころの彼は、温厚《おんこう》な男だった。生まれた息子のことも、よくかわいがっていた。

ところが、会社をやめ、独立《どくりつ》して起業してからおかしくなった。経営《けいえい》がうまくいかず、1年で廃業《はいぎょう》。やっと見つけた再就職《さいしゅうしょく》先は契約《けいやく》社員で、月収《げっしゅう》は以前の会社の半分以下となった。

しかも、上司《じょうし》は自分よりずっと年下の若者で、男は年下上司にこき使われた。

それでもがまんして真面目《まじめ》に働いた。しかしやがて、そのストレスのはけ口が、妻や息子に対する暴言や暴力となってあらわれた。

「まったく、あいつらは何もわかってねぇ。俺がどれだけ、がまんしてやっているのか……」

男は、ビールを飲みながらブツブツ言った。

妻と息子は、まだ寝室《しんしつ》で泣いていた。

「うるせぇぞ！」

男はイライラして怒鳴《どな》った。

瓶《びん》からビールをジョッキに注ぎ、ゴクゴクと飲む。

しばらくすると、泣き声は聞こえなくなった。

「やっと寝《ね》たか」

そうつぶやくと、男は台所の戸棚《とだな》の奥《おく》から、片手《かたて》では持てないほど大きなガラス瓶《びん》をせっせと運んできた。それをテーブルにドンッと置くと、ていねいにフタをあけた。

「この香《かお》りだけが、俺を落ち着かせてくれる……」

それは、ハチミツだった。男は、ハチミツに目がなかった。毎晩《まいばん》、ハチミツをなめてから布団《ふとん》に入る。それが子どものころからの習慣《しゅうかん》になっていた。

もちろん、それは安物《やすもの》ではなく高価《こうか》なハチミツである。家計の苦しい男の家では、それはとんでもない贅沢品《ぜいたくひん》だったが、これだけはやめるわけにはいかなかった。

男は、スプーンでたっぷりのハチミツを皿《さら》にとると、ゆっくりと味わいながらなめた。

「うん。うまい……」

ちょうど一皿なめ終わったころだろうか。気がつくと、背後《はいご》に目をこすりながら立つ息子の姿《すがた》があった。

「そんなところで、なにつっ立ってるんだ!!」

振《ふ》り返った男は、あわてて言った。

「トイレ……」

「遅《おそ》くまで起きていないで、さっさと寝ろ!」

息子は、ハチミツの瓶《びん》をじっと見ていた。なめているところを見られただろうか。

「お父さん、それはなに?」

「お前には関係ない。これは、血圧《けつあつ》を下げる薬だ。1日に1口なめるだけなら薬になるが、大人でも1日に2口以上なめると、死ぬ危険《きけん》がある猛毒《もうどく》になる。子どもが1口でもなめたら死んでしまうから、絶対になめるなよ」

「ほんと?」

「ああ、本当だ。だから、早く寝ろ!!」

「……」

息子は、感情のない顔で、寝室《しんしつ》へと去っていった。息子の顔から感情を奪《うば》ったのが自分であることも、男にはわかっている。しかし――。

「まったく、油断《ゆだん》ならない」

男はそう言いながら、大事そうにハチミツをまた台所の戸棚《とだな》の奥にしまった。


次の日、パートの仕事が長引いたとかで、妻が遅くに帰宅《きたく》した。

すでに男は、居間のソファーに座り、ぶ然とした表情でビールを飲んでいる。息子は部屋の隅《すみ》で、チラチラと父の様子をうかがいながら宿題をしていた。

「おい！　おせぇじゃねえか。どんだけ待《ま》たせるんだ!!」

「すみません、すぐに支度《したく》しますから」

「夫が帰ったとき、夕飯《ゆうはん》の支度ができている。それが妻の役目だろ!?　なに考えてんだ！」

「ごめんなさい。今日、仕事でトラブルがあって……」

「おい！　今、俺に逆《さか》らったのか？」

男はむっとして立ち上がり、テーブルを蹴《け》とばした。

「いえ、なんでもありません」

「俺の仕事にトラブルがないと思ってんのか!?　たかがパートのくせに、偉《えら》そうな口をきくな!!」

男は拳《こぶし》を握《にぎ》りしめて、妻に詰《つ》め寄《よ》った。

「お父さん、やめて！」

息子が父の前に立ちはだかった。泣いているだけだった昨日とは違い、息子は刺《さ》すような鋭《するど》い目でにらみつけてくる。

男は思わずうろたえ、言葉《ことば》を失った。

「……すみません、こんどは気をつけますから」

妻は息子を抱き寄せ、そう言うと、その場は収《おさ》まった。男がそれ以上に追求できなかったのは、妻の言葉ではなく、息子の表情に気押《けお》されたからである。

食事がすむと、妻と息子は寝室に消えた。

「まったく、あいつらは何なんだ！　俺がどれだけ会社で苦労しているのか、わかってんのか。家族のために、仕事もできない若造の無理難題《なんだい》を我慢《がまん》してるんだぞ！　その上、家でも我慢しろってか⁉」

妻と息子の態度を思い出して、またイライラが募《つの》ってきた。

本当は、会社のグチや不満を妻に聞いてもらえれば、少しは気持ちが楽になるのかもしれない。しかし、これまで偉《えら》そうなことをうそぶいてきた男には、無様《ぶざま》な姿《すがた》で働いている自分の姿を知られたくない気持ちのほうが強かった。

「とにかく、我慢しかないんだ……」

男は自分に言い聞かせるようにつぶやいた。

そして、新しいビール瓶を開《あ》け、ジョッキに注ぎ、一口飲んだ。

「んっ⁉」

男は、瓶ビールのラベルを見返した。いつもと同じものだ。しかし、いつもとは明らかに味が違う。もう一度口に含《ふく》んだ。

「なんだ、この甘《あま》さ……」

明らかにビールに、なにか甘いものが入っている。そう考えて、見てみると、ビール瓶のフタの一部が、いちど開けられたことを示すようにゆがんでいる。

男は、注ぎ口に鼻を近づけ、匂《にお》いをかぐ。

「……これは、ハチミツの香り？」


しばらく思いをめぐらせた。色が似《に》ているからか、飲むまでは全然気づかなかったが、なぜ、ビールにハチミツが……。

「あっ！」

思わず声をあげた。昨夜の息子との会話……。

……大人でも1日に2口以上なめると、死ぬ危険《きけん》がある……。

「あいつか！　あいつが、入れたのか？　なぜ？」

自問自答《じもんじとう》するまでもなく、答は出ていた。

「……俺を殺すために？」

息子がハチミツを入れたのであろう。「毒」で、俺を殺すために。

そのとき、寝室のドアが勢いよく開いて、息子が泣きながら部屋に飛びこんできた。

「お父さん、死なないで。ごめんなさい、死なないで！」

男は、そのときはじめて、自分が息子に、そこまでの覚悟《かくご》をさせてしまったことに気づいて、涙《なみだ》をこぼした。

怒りを抑《おさ》えられず、家族を不幸にしていた俺は、今日、死んだんだ。明日からは生まれ変わろう。

そして、甘いビールを一気に飲み干《ほ》した。


（作　桃戸ハル）

アクセサリー

城には、大勢の女たちがいた。貴族の妻たちだ。そして、彼女たちの興味はもっぱらおしゃれにあった。

華《はな》やかなドレス、大きな宝石のついた指輪、黄金《おうごん》の髪飾《かみかざ》り。

昼夜を問わず、盛大なパーティーを催《もよお》しては、彼女たちは互《たが》いの美を競い合っていた。

「仕立て屋から届いたばかりの、新しいドレスですのよ」

「まぁ素敵《すてき》。でもね、奥様、私のこの指輪を見て、なにかお気づきにならない？」

口を開けば、自らのファッションの自慢《じまん》ばかり。贅沢《ぜいたく》な毎日を、彼女たちは心ゆくまで満喫《まんきつ》していた。

そんなある日。城では、一年で最も華やかなパーティーが開かれていた。王の誕生日を祝《いわ》う宴《うたげ》だ。女たちはとびきりのドレスに、ありったけの高価なアクセサリーを身につけ、城へとやってきたのだった。

ところがこの日、平和で優雅《ゆうが》な生活は、突然終わりを告げた。友好な関係にあった隣国《りんごく》が、突然攻《せ》め込《こ》んできたのである。

抵抗《ていこう》する間もなく、城は敵軍にすっかり包囲《ほうい》されてしまった。折《おり》しも、盛大なパーティーの真っ最中。城には、王や王女はもちろん、大勢の女たちと、パーティーに招かれた貴族、そして城で働く大勢の者たちが残されていた。

これだけの兵に囲《かこ》まれてしまっては、反撃《はんげき》することなどできないだろう。もはやこれまでかと、城の中の人々は死を覚悟《かくご》するしかなかった。

敵の将軍が、城門の前に馬を進めると、城内の人々にこう告げた。

「今日からこの国は、我々のものとなる。当然この城も、我が国のものだ。だが、無益《むえき》な殺生《せっしょう》は好まない。逆《さか》らうことなく、言うことを聞けば、命だけは助けてやろう」

敵国は領土を拡大することが目的であって、むやみに殺しに来たわけではなかった。最悪の事態ではないと知り、城にいた者たちは胸《むね》をなで下ろした。

だが、将軍の次の言葉に、城内の一同はふたたび凍《こお》りつくことになる。

「男たちは奴隷《どれい》として、一生、我が国で働いてもらう。逆らえば容赦《ようしゃ》なく処刑する！」

男たちは、なすすべなくうなだれていた。

するとし、城の中から、ひとりの女が進み出た。パーティーを楽しみにやってきた女のひとりなのだろう。彼女は、キラキラ光るティアラやネックレス、指輪と、華《はな》やかなドレスを身にまとっていた。

「私たちは、どうなるのでしょう？」

女の言葉に、将軍は言った。

「我々にも慈悲《じひ》はある。女たちは助けてやろう。さっさとこの城を立ち去るがいい」

ほっと胸《むね》をなで下ろした女に向けて、将軍は言葉を続けた。

「ただし！　城の財宝や財産は、もはや我々のものだ。城にある金銀財宝はもちろん、今、お前たちが身につけている高価な衣裳《いしょう》やアクセサリーも、すべてだ。ただし、女ひとりにつき、ひとつだけ、何かを身につけて出ていくことを許してやろう」

見るからに値の張りそうな装飾品の数々に、隣国の将軍はほくそ笑《え》んだ。以前からこの国を狙《ねら》っていたが、決行をこの日にしたのは、今日、ここで王の誕生パーティーが開かれていることを知っていたからだ。女たちは、さぞ高価な宝石を持ち寄っていることだろう。力がひ弱な女性たち――とくに貴族の女たちは、奴隷《どれい》としては、使いものにならないだろう。むしろ国外に追放したほうがよい。

「ひとつだけということは、もしや、衣服もそのひとつにあたるのでしょうか？」

女が言ったこの言葉こそ、将軍の狙《ねら》いであった。

「もちろんだ。身につけてよいものは、ただひとつだけ。服を着て出るのであれば、それがその、ひとつということになる」

にやり、と口をゆがめた将軍に対して、女は言った。

「約束は絶対に守っていただけるのでしょうか？　私たちが高価な宝石を身につけていたら、『それは認《みと》めない』と言われるのではないですか？」

「そんなことはない。誓約書《せいやくしょ》を書いてもいい。ただし、ひとつだけだ。それが嫌《いや》なら、この約束もなしだ！」

将軍がさらさらと書類を書いて渡すと、女はおびえたようにうなずき、将軍のもとを去っていった。

すると、ひとりの兵が将軍に近づいて言った。

「欲深い女たちのことです、裸《はだか》に宝石だけと言うことも考えられますが？」

将軍は笑って言った。

「欲は深いが、プライドはそれ以上に高いものだ。これだけの兵が見ている中で、裸で現れるようなことは、絶対にあるまい。選ぶのはドレスに決まっている。いかに高価なドレスを選ぶかという迷《まよ》いだよ」


城に戻《もど》ると、女は隣国《りんごく》の将軍とのやりとりを皆に説明した。

「ひとつだけなら身につけてもいいというのが、彼らの言い分です」

その言葉を受け、その場にいた女たちは、すぐに心を決めた。迷《まよ》うことなくドレスを脱ぎ捨てたのである。

男たちは、自分たちの妻が、プライドや恥《は》じらいを捨てて違うものを選んだことに、ただ驚《おどろ》くしかなかった。

城門がふたたび開いたとき、門の外で待つ将軍の目にまず飛び込んできたのは、一糸《いっし》まとわぬ女たちの姿《すがた》であった。

そして、すぐに違和感《いわかん》の正体に気づく。それぞれの女が、自分の夫を背中に背負い、しずしずと城を出て行こうとしていることであった。

「待て、男は奴隷《どれい》だといっただろう!!」

先ほどの女が、将軍が書いた誓約書《せいやくしょ》を彼の眼前に突《つ》きつけると、力強い口調で言った。

「私たちはひとつだけ、いちばん大切なものを身につけているだけですわ。私たちにとって、これ以上に大切なものなど、ありませんもの」

パーティーに来ていた女たちは自らの夫を、城で働いていた女は同じように働いていた男を、それぞれ負《お》ぶって堂々と敵兵の間を歩いて行った。

最後に、裸の王女が王を背中に乗せて去っていく姿《すがた》を、将軍はただあっけにとられて見送ることしかできなかった。

（原作　ドイツの民話、翻案　小林良介）

幸福な死

深夜——。

カイ博士の研究室に拳銃《けんじゅう》を持った男が忍《しの》びこんできた。

博士は研究に夢中になっていて、男が室内に侵入《しんにゅう》したことはもちろん、室内の機械につまずいて大きな音を立てたことにさえ気づかなかった。

「動くな。おれは強盗《ごうとう》だ」

男は博士に拳銃を向けて大声を出したが、それでもなお博士はしばらく装置《そうち》をいじり続け、だいぶ経ってから顔を上げてキョロキョロあたりを見まわし、最後にようやくうしろを振《ふ》り向《む》いた。

「びっくりした。お、おまえは何者だ?」

「おれは強盗だ。同じことを何度も言わせるな」

「強盗が何の用だ」

「あんたがすばらしい発明をしたと聞いたので、それを盗《ぬす》みにきた」

「残念だったな。私の発明は、まだ完成してはいない」

「ウソをつくな」

「ウソではない。こうやって深夜まで作業しているのがその証拠《しょうこ》だ。完成したころにまた来るんだな」

強盗は、チッと舌打《したう》ちした。

「未完成でもかまわんから、実験データをこっちによこせ」

博士は首を振《ふ》った。

「断わる。私の一生をかけた研究だ。そう簡単《かんたん》に他人には渡《わた》せない」

「この拳銃が見えないのか。これはオモチャではないぞ」

男は威嚇《いかく》のつもりか、銃口《じゅうこう》を天井《てんじょう》に向けて、いきなり引金を引いた。

サイレンサーに消された、ため息のような発射音《はっしゃおん》と、弾丸《だんがん》が天井をぶち抜《ぬ》いた固い音が、ほぼ同時にひびいた。

「な、なにをする！」

博士は目を大きく見開いて、今にも男につかみかかりそうになったが、さっと銃口《じゅうこう》を向けられて凍《こお》りついたように動けなくなった。男がにやりと笑った。

「さあ。死にたくなかったら、おとなしくデータをよこせ」

「それどころではないぞ！」

博士は必死の形相《ぎょうそう》で叫《さけ》んだ。

「おまえは、いま大変なことをしてしまったのだ。音が聞こえるだろう。おまえが撃《う》った弾《たま》が、天井のタンクに穴《あな》をあけたのだ。この音は、ガスがもれている音だぞ」

強盗の不敵な笑いは消えなかった。

「ふん。脅《おど》かそうと思ってもムダだ。ガスなんかもれてもどうということはないさ。爆発《ばくはつ》でもするというのか」

「爆発などするものか。このガスはただのガスではない。これこそ私が発明した『幸福ガス』だ。このガスを一口でも吸《す》いこむと、とたんに幸福な気持ちになり、心の底から愉快《ゆかい》になって、笑いがこみ上げてくる。しかし、吸いすぎると——」

カイ博士は突然吹《ふ》き出《だ》した。

「ふふっ。笑いがとまらなくなってしまうのだ。はははは」

拳銃を持った強盗もつい、つられるように吹き出した。

「あははは。このガスを吸いこむと幸福になるのはよくわかった。しかしもういい。笑いをとめるにはどうすれば、うはははは」

「笑いをとめることは、ふふふふ。笑いをとめることは、あっはっはっは、できないのだよ」

博士は腹《はら》をかかえて激《はげ》しく首を振《ふ》った。

「笑いを、ひひひひひひ、とめることができない？　あはははは」

強盗も手を打ち、足を鳴らす。

「いっひっひっひ。とまらない。うおおっほっほっほっほっほ」

博士はエビのように体をそり返らせ、あるいは身をくねらせ、目に涙《なみだ》をためて笑い続ける。

「おれたちは、どうなるっはははははは」

強盗は額《ひたい》に手を当て爆笑《ばくしょう》する。博士も涙《なみだ》を流し、身をよじってヒステリックに笑い続ける。

「私たちは、ああっはっはは、死ぬのだ。うひひひひひ」

強盗は一瞬息《いっしゅん》を飲んだが、それでも笑いの発作はとまらなかった。

「死ぬ？　ぐふふふふ、ええっへっへっへ。あああっはっはっは」

博士は目を血走らせ、髪《かみ》をふり乱《みだ》し、床《ゆか》に腹這《はらば》いになって手足をばたつかせながら笑った。

「あはははは。そこが未完成。うわっはははははは」

「未完成とはな。こりゃ、いい。わーっはっはーっ。ひいひいひい」

「おまえのせい、ぷははははは。わっはっはっはっははーっ」

博士は苦しみのあまり、ごろごろ床をころげまわり、腹を押《お》さえて体をくの字に曲げながら、なおも激《はげ》しく笑い続けた。

「おれだって嫌《いや》だ。あーっはっはっは。死にたくない。あっはっはっははーっ。ひーっ、ひっひっひ」

強盗は、手を叩《たた》き、足をバタバタさせながら、狂《くる》ったように笑いころげた。

「もう殺してくれーっ！　ひーっひっひっ。いっそ私を殺してくれーっ!!」

博士がそう叫《さけ》ぶと、強盗は、ひっくり返って爆笑した。

「もうだめだーっ。ぷぷーっ。ひーっ」

二人は、けいれんしながら、なおも数時間笑い続けた。そして、とうとう声がかれ、体力の限界に到達《とうたつ》して、動かなくなった。

数日後、死体が発見された現場を検証することになった刑事《けいじ》や鑑識係《かんしきがかり》は、この二人の死因《しいん》に大いに悩《なや》まされることになった。外傷《がいしょう》もないし、毒物《どくぶつ》も検出《けんしゅつ》されなかったからである。拳銃《けんじゅう》が落ちていたが、死因は明らかにそれによるものではなかった。体は何時間も悶《もだ》えたようにねじれていたが、二人の死体は、ひきつったような、それでいて笑っているような複雑な表情を浮《う》かべていた。いったい、ここで何が起こったのか、彼らには想像することさえできなかった。

しかし、そんな悲惨《ひさん》な現場を見ているのにもかかわらず、刑事たちの数人がクスクスと笑いはじめた。そして笑いの渦《うず》はだんだんと拡大《かくだい》していった。

「うわっはははっ。いっひひひひ」

事件の現場は大爆笑《だいばくしょう》で包《つつ》まれた。

（作　中原涼）

夢のしらべ

曲が終わる。余韻《よいん》を耳の奥《おく》に残しながら、わたしは鍵盤《けんばん》から手を離《はな》した。

「ふぅん。もう終わりなの？」

そばで見ていた青年が、まるで挑発《ちょうはつ》するようにささやく。ピアノにもたれかかり、切れ長の目をいっそう細めてわたしを見つめ、唇《くちびる》をつり上げる様《さま》は小憎《こにく》らしくてしかたない。

だけど、ここで挑発に乗ったら負けだ。

「もう決めたの、ピアノはやめるって。将来のためにも、そのほうがいいんだから」

高校では、みんな進路の話をしている。理系のほうが就職《しゅうしょく》に有利だとか、専門学校で資格をとるのが現実的だとか、公務員になるのが安定しているとか。みんな、賢《かしこ》く現実を見ている。

だから、わたしもそうしないといけない。好きなことを追いかける権利があるのは、才能に恵《めぐ》まれた一部の人だけなのだから。

「まぁ、たしかにきみの将来は、きみのものだけどね」

「そうよ。決める権利は、わたしにあるんだから」

青年は納得《なっとく》していない様子でため息をついた。見た目はわたしとほとんど歳《とし》が違《ちが》わないのに、こういうときだけ老人のような雰囲気《ふんいき》をにじませる。しかし、このちぐはぐな感じは、今に始まったことじゃない。

その雰囲気に、どこか寂《さび》しげなものがまじったかと思うと、ピアノに体をもたせかけたまま青年が身を乗り出してきた。

「じゃあ、もう1曲だけ弾《ひ》いてよ」

「え、だから――」

「それが、最後でいいよ」

さえぎるように言葉をねじ込《こ》まれ、耳に響《ひび》くその声色《こわいろ》に思わず口を閉《と》ざす。今度は、わたしがため息をつく番だった。

「これで、ほんとに最後だからね」

そう言って鍵盤に指を置くと、青年は満足したようにうなずく。

「弾《ひ》いてほしい曲があるんだ」

そして青年は、わたしが子どものころからときどき弾いていた曲をリクエストしてきた。最後だし、と、その希望を聞いてあげることにして、わたしは鍵盤《けんばん》に指を置き、深呼吸《しんこきゅう》する。

わずか5分の曲。歌詞《かし》のある曲だけど、今日は歌わない。そう決めたら、青年が隣《となり》でハミングし始めた。性格には難《なん》があるけど、さすがに音感はいい。むしろ青年のハミングに引っぱられるようにして、わたしの指が踊《おど》る。

歌いながら、青年が静かな声で語りかけてきた。

「初めて会ったときも、この曲を弾いていたよね」

「そうだったっけ。よく覚えてるわね」

「そりゃあね。音楽が大好きって顔をして弾いてたから、見てるこっちも楽しくなった」

その言葉に、なぜだか胸《むね》がきしむような感じがした。音楽が大好き。純粋《じゅんすい》にその気持ちだけで過ごしていけるとしたら、それは幸福なことなのだろうか。


――毎日の不安や悲しみが大きくて　だから　小さな幸せに　きみは気づかないんだろう

自分の指が奏《かな》でるメロディーに、歌詞が呼び起こされる。一瞬《いっしゅん》、止まりそうになった指を、わたしはなんとか次の音に運んだ。

「初めて会ったとき、きみって、いくつだったっけ？　まだ手も、ぜんぜん小さくて、一オクターブ届《とど》かないって、ずいぶん困《こま》ってたな。それでも、お母さんの誕生日《たんじょうび》に一生懸命《いっしょうけんめい》、バースデーソングを弾いてあげて、クリスマス前になるとクリスマスソング・メドレーも、よく練習してたっけ」

「そんな昔のこと」

「ああいう幸せの中に、音楽は生まれるんだよ」

知ったふうなことを言って、青年が腕《うで》を組む。相手にしたら負けだと思って無視《むし》していると、青年はぺらぺらとしゃべり続けた。

「いつだったかなぁ。きみが泣いて帰ってきて、どうしたのって聞いたら、コンクールで金賞とれなかったって。毎日練習したのに悔《くや》しい、って。また次があるよ、って、ぼくがどれだけ慰《なぐさ》めたことか……。まぁ、嬉《うれ》しかったけどね。きみがそこまで熱中するなんてさ。しかも、次の年のコンクールではしっかり金賞とって、ぼくに自慢《じまん》しにきた。あれから、もっと音楽が楽しくなってきたんだろ。認《みと》めるところは認めないとフェアじゃないから言うけど、上達したよ、きみは。ほんとうに、成長したよ」

ほめられるのも、それはそれで落ち着かない。それに、上から目線な発言は、やっぱりシャクだ。

「なによ、エラそうに」

「だって、ぼくのほうが年上だから」

「ひとりじゃ、なんにもできないクセに」

黙《だま》らせられるかと思って選んだ言葉に、けれど青年はそっと笑った。

「だから、自分以外の人がいるんでしょ？　ぼくにも、きみにも」

――きみのこと考えてた
おなじ空の色　おなじ風の音　わかちあいたいと思う　きみのことを
どうすれば　きみが悲しくないのかを

それは……それは、お節介《せっかい》というものだ。わたしは、ひとりで決められる。これは自分で決めないといけない問題なのだから。

ねぇ、と。あえて耳に残る声を選んで、青年がつぶやく。

「本当に、それでいいの？」

「……なにが？」

聞いてから、後悔《こうかい》した。「いいの」と答えていれば、それで終わったかもしれないのに。自分の気持ちの揺《ゆ》れを突《つ》きつけられることも、なかったかもしれないのに。

「本当に、音大《おんだい》をあきらめるつもり？」

——悲しいとき　ひとりで　いないで
　ぼくから遠く　離れていかないで

今度こそ、指が止まった。たぶん、呼吸も一緒《いっしょ》に止まっていた。

途切《とぎ》れた音の間に、沈黙《ちんもく》が滑《すべ》りこむ。しまいこんだはずの思いが心のフタを開けそうになって、わたしは慌《あわ》てて演奏《えんそう》を続けた。

「あなたには、わたしの気持ちなんてわからないでしょ。わたしにだって、いろいろ事情があるんだから。あんたとは違うんだから」

きつい言い方になってしまったことは、わかった。意固地《いこじ》な気持ちが指にも伝わって、旋律《せんりつ》までひねくれたように滑《なめ》らかさを失う。じっと注がれる青年の視線《しせん》に、わたしの手の甲《こう》はひどく熱くなっていた。

「でもね。きみは素直《すなお》だから、きみの奏《かな》でる音を聴《き》けば、本当の気持ちがわかるんだ」

その声に含《ふく》まれた笑みは、優《やさ》しさなのか、悲しみなのか。

「本当はまだ、好きなクセに」


——本当はもう　きみだって　気づいているんだろう

「ピアニストになるのが夢だったはずだろ?」

青年の声は、いよいよ寂《さび》しげな色に染《そ》まっていた。

「子どものころから、ぼくにそればっかり言ってたクセに。なのに、ここであきらめるっていうの？　ぼくもステージに連れてってくれるっていう約束は、どうなる」

「しかたないじゃない……。わたしには、才能なんてないんだから」

「そんなこと誰が決めたの？」

言いきる声があまりにもまっすぐで、伸《の》びやかで、そのひたむきさにさらされた、こちらの心が奇妙《きみょう》にざわめいてしまう。

「自分の限界を作ってるのは、きみ自身じゃないのかな」


——大事なのは　今の気持ちのままの自分を　せいいっぱいに見つめること

いまさら、思う。最後の曲に、どうして、この曲をリクエストしたのか。

「限界を決めるのはきみで、逃《に》げるときも、きみひとり。きみは、ぼくだけじゃなくて、自分自身もひとりぼっちにするの？」

——悲しいとき　ひとりで　いないで
　ぼくから遠く　離れていかないで

曲がクライマックスを迎《むか》えるなか、やっと、青年のズルさに気づく。

音楽は「幸せ」の中に生まれるんだと得意げに胸を張《は》った彼。それは、「音楽をなくしたら、幸せもなくしてしまうよ」と、わたしに伝えるためだったのだろう。

——まだ　言葉にしていなかったことがあるんだ
　それは　初めて会ったときから　きみを　ずっと好きだということ

最後の曲が終わる。しん、と部屋に満ちた沈黙《ちんもく》のなか、それでもわたしは鍵盤《けんばん》から指をどかすことができなかった。

「手を離すのは、まだ早いんじゃないかな」

その一言が、気持ちのフタをこじ開《あ》ける。あふれたものから目を背《そむ》けることが、わたしにはもうできなかった。

だって、この手を離したくないと、強く思ってしまっているのだから。

「誰かいるの？」

ハッと視線《しせん》を向けると、部屋の扉《とびら》が開いていて、そこに母が立っていた。不思議《ふしぎ》そうに首を傾《かし》げる母に、わたしはぎこちない笑顔を返す。そうして、ふたたびピアノに視線を戻したとき、そこから青年は姿《すがた》を消していた。

「……うん。ピアノと、少ししゃべってたの」

視界の端《はし》で、母が首を傾げるのがわかった。

ヘンなことを言う娘だと思われただろうか。だって、自分でもヘンだと思う。ピアノと話ができるなんてこと、わたしが誰かから聞いても、たぶん信じないだろう。

そんなことを思ったけど、母は、ふっと微笑《ほほえ》んだだけだった。

「あなた、ほんとにピアノが好きね」

——本当はまだ、好きなクセに。

小憎らしい声が、頭の中にリフレインする。今なら、言えると思った。

「お母さん」

部屋を出ていこうとしていた母に、わたしは思いきって声をかける。振《ふ》り返《かえ》った母の目を、わたしはまっすぐ見つめ返した。

「わたし、やっぱり音大に行きたい。大好きなピアノを、まだ、あきらめたくない」

もう迷《まよ》わない。そっとなでたピアノから、背中を押してくれる声が聞こえてくるから。

そっか、と、母は笑った。思いのほか、嬉《うれ》しそうな表情だった。

「お母さんも、それがいいと思うわ。お父さんも応援《おうえん》してくれるわよ」

そう言って、母は部屋を出ていった。階段《かいだん》を下りる足音が、軽やかな音階になっているように聞こえた。

そわそわする胸を押《お》さえて、わたしはピアノに向き直る。白い光沢《こうたく》がまぶしいくらいの鍵盤《けんばん》に触《ふ》れると、喜びが膨《ふく》れ上がった。わたしの喜びなのか、彼の喜びなのか。たぶん、どっちもだと思った。

「一緒に舞台《ぶたい》まで行くんだから。ねっ！」

指先を滑《すべ》らせると、ピアノはポロンと、優しい音色を返してくれた。

（作　橘つばさ）

タケル

子どもの前で、両親が言《い》い争《あらそ》っていた。

「お前がギャーギャー叫《さけ》ぶから、タケルが怖《こわ》がっているだろう！」

「何よ！　アナタに言われる筋合《すじあ》いはないわ！　いつも、タケルに当《あ》たり散《ち》らしているクセに!!」

「いつ俺《おれ》がタケルに当たり散らした!!　それは、お前だろ!!」

「あなたはいつもそう！　いつも私を悪者《わるもの》にして！　いつもなのよ！」

「しかたないだろ！　実際、お前が悪いんだから！　いい加減《かげん》、自分の性格を理解しろ！　家族のことも考えろよ！」

「家族のことも、タケルのこともいちばんに考えているのは私じゃない！　ふざけないでよ！　もう嫌《いや》！　もう嫌よ!!　こんな生活嫌！　あなたなんか大嫌《だいきら》い！　後悔《こうかい》しているわ！　今の生活！　これまでの人生返してよ！」

「お前、タケルの前で、よくそんなこと言えるな！　母親として最低なんだよ、お前は！」

「また私のせいなのね！　もういい、別れましょう！　絶対に別れてやるわ！」

「別れるのか？」

「ええそうよ！」

「言ったな！　わかった、別れよう！」

「タケル！　あなたはお母さんについてきなさい！」

「馬鹿《ばか》言うな！　タケルは、俺と暮《く》らすんだ！　そのほうが幸せに決まっているだろ！」

「何を言うの！　子どもには母親が必要なの。タケルは私と暮らすのよ！」

「ふざけるな！　タケルは俺の自慢《じまん》の息子《むすこ》なんだ！　お前になんか渡《わた》すか！」

「タケルは、私がお腹《なか》をいためて産んだ、私の子よ！　ふざけないで！」

「タケルは俺の子だ！」

「私の子よ!!」

「こうなったら本人に決めさせよう。タケルも、もう小学４年生だ。本人の意思がある」

「いいわ！　タケルに聞きましょう!!　『ママがいい』ってきっと言うわ！」

「なら聞けばいい！　後悔《こうかい》するなよ!!」

「ええ、いいわ！　聞きましょう！」

「パパについてくるか、タケル？」

「ママについてくるわよね、タケル？」


「あ、あの…」


「タケル！　ハッキリ言っていいんだぞ！」

「言いなさい!!　『ママがいい』と言いなさい！」

「あの、あの……ぼ、ぼく、タケル兄さんじゃなくて、弟のマモルです」


（作　井口貴史）

モコモコ

グレーのフサフサした柔《やわ》らかい毛。真《ま》っ黒《くろ》くて輝《かがや》く、ガラス玉のような瞳《ひとみ》。チラリと口元から見えるピンク色の舌《した》。尻尾《しっぽ》をフリフリ、いつも楽しそうだ。リズミカルに尻尾で床《ゆか》をはたきながら、彼女はこちらを見ている。

「モプちゃん！」
「ワォン！」

私は家の中で一匹《いっぴき》の犬を飼《か》っている。名前はモプちゃん。モコモコとした毛並《けな》みがモップに似《に》ているという理由で、モプちゃんという名前にした。

モプちゃんは数年前、保健所から引き取った。メスの雑種《ざっしゅ》だ。

モプちゃんは、大きな犬だが、小心者《しょうしんもの》で怖《こわ》がり。とてもおとなしい性格で、ノソノソと歩いてはベチャッと床に伏《ふ》せをする。その愛らしさが近所でも評判で、「癒《い》やされる！」と皆《みな》に可愛《かわい》がられている。一人で暮《く》らしている私にとっては恋人のような存在《そんざい》だ。

「モプちゃん」

「ワォン！」

「よしよし、よーし、よし」

モプちゃんは名前を呼《よ》ぶと「ワォン」と独特の鳴き声で返事をし、近づいてくる。モコモコした手触《てざわ》りを指で感じていると、なんだか心の奥《おく》がジンワリ暖《あたた》かくなって、安らぎを得ることができる。モプちゃんの暖かさを一番実感するのは、就寝時《しゅうしんじ》である。

モプちゃんは、私が寝室《しんしつ》に入って電気を消すと、布団《ふとん》の中に潜《もぐ》りこんでくる。電気がついていると入ってこないのだが、電気を消してしばらくすると、モコモコの体が布団の中に潜りこんでくる。

モプちゃんを飼うまでは、犬といっしょに寝《ね》ると、安眠《あんみん》できないイメージがあったのだが、そんなことはなかった。私はほとんど目を覚《さ》ますことなく、朝まで熟睡《じゅくすい》してしまう。

しかし、朝、目が覚めると、モプちゃんは決まってリビングで寝ている。布団の中は犬には暑すぎるのか、モプちゃんは、私の気づかないうちに布団から抜け出しているらしい。

冬のある日——。

史上まれにみる大寒波《だいかんぱ》がおとずれた。

外は経験したことのないような大雪。それがもう1週間も続いている。

私が勤務《きんむ》している運送会社の仕事も、積雪のために休みになった。

そのため、私もモプちゃんも1日中、リビングの暖房機《だんぼうき》の前でじっとしていた。寒波の帯《おび》は今日もこの地方の上空で停滞《ていたい》しているようで、もうしばらく忍耐強《にんたいづよ》く寒さに立ち向かわないといけないようだ。

「モプちゃん！」

「ワォン！」

モプちゃんは、相変《あいか》わらず夜になると、私の布団《ふとん》の中に潜《もぐ》りこんできた。
こんなにも寒い日が続くと、いかに毛皮をまとったモプちゃんでも寒さがこたえるのであろう。
私は布団の中、モプちゃんのモコモコした毛をなでて、そのジンワリ暖かい体温を抱《だ》きしめて寝ていた。

深夜——。

ドドドドドドドドドドド！

突然《とつぜん》、地響《じひび》きのような音がした。何か不気味なものが、駆け足で近づいてくるような音である。
「な、なんだ！」
私は暗闇《くらやみ》の部屋で目を覚まし、声をあげた。布団から飛び起きた私は、手さぐりで、壁《かべ》にある電灯のスイッチを探《さが》す。

「なんだ、なんだ……あった」

ようやく電気がついて、部屋の中を見回すことができた。

「なんだ、なんの音だ？」

私は高鳴る心臓《しんぞう》の鼓動《こどう》を抑《おさ》えるために、意味もなく部屋の中を歩く。


ドドドドドドドドドド！


また、あの音だ。

どうやら、音は外から聞こえてくるようだ。私は懐中電灯《かいちゅうでんとう》を手に取り、出窓《でまど》から外に向かって照《て》らした。不気味《ぶきみ》な音の正体がわかった。

「雪か！　なるほど……向かいにある教会の屋根からすごい量の雪が落ちて、下の駐車場《ちゅうしゃじょう》にある車のボンネットを直撃しているのが原因だったんだな。だからあんなに大きな音がしたのか……」

私は原因を理解し、いくぶん安堵《あんど》した。

「お茶でも飲んでから寝るか……」

私は、寝室からリビングに向かった。

冷蔵庫《れいぞうこ》からウーロン茶の紙パックを取り出し、コップに注《そそ》いで飲んだ。

キッチンからリビングのソファーの上を見ると、モプちゃんが眠《ねむ》っている。

「あんなに大きな音だったのに起きなかったんだね」

私はウーロン茶を飲み終わり、モプちゃんの頭にキスをした。

モプちゃんは、深い眠りに落ちているようで、目を覚ます気配《けはい》はない。


寝室に戻った私は、部屋の電気を消して布団に潜《もぐ》った。

モプちゃんが寝室に入ってくるならドアを開けておこうと思ったのだが、もうリビングで寝ているのでそれはないだろう。寝室が寒くなるので、今夜は寝室のドアを閉《し》めて就寝《しゅうしん》することにした。布団は先ほどまでの体温を残しているようで、じんわり暖かかった。

というより、先ほどより暖かい気がする。

なんだろうか？　特に足元が暖かい気がする……。

「あれ……」

私は気になったので、足元へ右手を伸《の》ばしてみた。

「え、なに？　このモコモコ？　あれ、え、さっき、あれ……？」

モプちゃん？　いやそんなはずはない……。

だって、モプちゃんは、さっきソファーで眠っていたはずだ。

「で、でも、これ……」

この感触《かんしょく》、この温《ぬく》もり。確実に動物の体温である。呼吸《こきゅう》しているのが毛を通して伝わってくる。

私は、現在の状況《じょうきょう》を把握《はあく》しようとするが、まったく理解できない。

しかたない！　私は意を決した。


「モプちゃん！」

私は、暗闇《くらやみ》の中で、思いきってモプちゃんの名前を呼んでみる。
しばらくしてすると……
「ワォン！」
モプちゃんの独特の鳴き声が聞こえた。ドアの向こうから……。
ということは……。
そもそもモプちゃんは、今まで毎晩《まいばん》、私といっしょに眠っていたのだろうか……。
足元のこのモコモコはいったい……。
外ではまた、落雪の音が鳴《な》り響《ひび》いた。

（作　井口貴史）

読《どく》唇《しん》術《じゅつ》

「読唇術」を習おうと思ったことに深い理由はない。帰り道でいつも通る市民センターの掲《けい》示《じ》板《ばん》に、「読唇術講《こう》座《ざ》」というカルチャー教室のチラシをたまたま見たからだ。

「読唇術」なんて、それまでまるで興味はなかった。しかし、月《げっ》謝《しゃ》がとても安いことと、僕には趣《しゅ》味《み》がなく、いつも時間を持《も》て余《あま》していて、何か資《し》格《かく》をとるか習い事でもしようかと考えていたところだったので、講座を受けてみることにしたのだ。

――読唇術か……暇《ひま》つぶしにちょうどいいかもしれないな、という軽い気持ちだった。

しかし、いざ講座が始まると、僕の考えは一変した。

読唇術とは、声が聞こえなくても、唇《くちびる》の動きから相手が何を喋《しゃべ》っているのか読み取る技術のことだ。しかも、その習得は、そう簡《かん》単《たん》なものではなく、なかなか奥《おく》深《ぶか》かった。

回を重ねるごとに、僕はどっぷりと読唇術にはまっていった。

「先生、プライベートでももっと練習したいのですが、どうすれば上達《じょうたつ》が早いのでしょう?」

「それは実践《じっせん》あるのみです。街《まち》へ出て色々な人の唇《くちびる》の動きをたくさん読んでみることです」

白髪頭《しらがあたま》の先生はニコニコと笑って言った。先生は、以前は探偵《たんてい》をしていたが、事務所を畳《たた》み、この講座を開いたのだという。

僕は先生が言った通り、駅前《えきまえ》の広場へと繰《く》り出《だ》すと、ベンチに腰《こし》を下《お》ろして、そこにいる人たちの唇の動きを読むことにした。

日曜日の昼下がりで、広場はたくさんの人でにぎわっていた。この街には大学があるので若者の数も多い。

向こうの若いカップルは、これから観《み》に行く映画《えいが》を何にするかでもめていた。女がホラー映画を観たがっているのに、男が嫌《いや》がっているのが面白《おもしろ》い。

小さな男の子と、その父親と母親。子どものお受験が近いようで、父親も母親もとても憂鬱《ゆううつ》そうだ。

あちらの老人2人組は、50年前に「金を貸《か》した」「借《か》りていない」でもめている。今さら、どれだけ昔の話をしているのだろう。

ところどころわからないことはあったが、自分が思っていた以上に、唇の動きから何を話しているのか理解できた。僕はますます面白くなって、時が経つのを忘《わす》れて読唇術に夢中《むちゅう》になっていた。

ふと広場の片隅《かたすみ》に目をやると、そこに携帯《けいたい》電話で話している若い女性がいた。彼女を見た瞬《しゅん》間《かん》、僕はハッと目を見張《みは》ってしまった。とても暗い表情をしていたからだ。明るくにぎやかな雰囲気《ふんいき》のこの広場で、彼女だけが異質《いしつ》だった。

――何があったんだろう。

気になった僕は、彼女の唇の動きに目をこらした。

「ちょっと待ってよ……そんなんじゃ納得《なっとく》できない……ともかく電話だけじゃ……一度会って……どうしてもう会えないの？　……嘘《うそ》でしょ？　そんなの聞いてない……」

どうやら、付き合っている男が、妻子《さいし》のいることをずっと隠《かく》していたようだ。まったくひどい男もいるものだ、と僕は少し憤《いきどお》りを感じながら彼女の言葉を読み続けた。

「でも、私のお腹《なか》の中には……」

悲痛《ひつう》な表情で、彼女は妊娠《にんしん》していることを打ち明けた。それを見て、僕も心が痛《いた》んでしかたなかった。

それから彼女の目はみるみる涙《なみだ》で満ちていった。男からよっぽどひどいことを言われてるんだろうと想像した。「あなたの子じゃなかったら、誰《だれ》の子だって言うのよ?」と、唇がそう動くのが読み取れた。もしも僕が彼女の知り合いなら、「そんな男とはすぐに別れたほうがいい」と間違《まちが》いなくアドバイスしている。

けれども、彼女の未練《みれん》は強いようだ。そんなひどいことを言われても、まだその男のことを愛していて、なんとか振《ふ》り返《かえ》ってもらおうと話し続けている。しかし、男の気持ちはもう彼女から離《はな》れてしまっているのだろう。彼女が何を訴《うった》えても、男は別れる方向に話を持っていこうとしてるのが、何となくわかった。

「つらいな」と、僕は見ていられず目をそらそうとした。その時だった。

「もういい……私、死ぬから……」

彼女の唇がそんなふうに動いた気がした。

僕が驚《おどろ》いて固まっていると、彼女は、携帯電話を鞄《かばん》の中へしまって駅に向かって歩き始めていた。

ハッとして僕は立ち上がり、彼女の背中を追いかけた。

彼女は確かに「死ぬ」と言った。信じられないが、間違いない。つたない読唇術でもハッキリとわかる口の動きだった。それにあの彼女の表情。驚いて我《われ》を忘《わす》れていたから、見えたのは一瞬《いっしゅん》だけだったけど、彼女は何かを決意したような、とても険《けわ》しい顔をしていた。

――自殺するつもりだろうか……。

そんな気がしてならなかった。

彼女は改札《かいさつ》を通り過ぎ、上り線のホームへ続く階段を上って、ホームの端《はし》のほうへと歩いていった。下り方向に一番近い場所だ。電車は駅に近づくにつれスピードを緩《ゆる》めていく。けど、その位置であれば電車はまだまだスピードを保ったままだから、そこに飛《と》び込《こ》んでしまえば――だから、電車へ投身自殺を図ろうとする人は、その位置を選ぶ、と何かで読んだことがあった。僕は、そのことを想像して少しゾッとした。

僕は、彼女から数メートル斜《なな》め後《うし》ろに立って、見守り続けた。

それしかできない。

「君、自殺する気だよね？　やめておきなよ」

などと、いきなりそんなふうに声をかけるわけにはいかない。

「なぜわかったのか？」という話になるだろうし、もしも彼女がシラを切ったら、僕は頭のおかしい人間と思われて、駅員に囲《かこ》まれて、警察官も呼ばれて……などと面倒《めんどう》なことになってしまうかもしれない。

彼女が実行しようとしたら全力で止める——僕は、そう心で準備《じゅんび》した。余計《よけい》なお世話かもしれないが、彼女はまだ若くてカワイイ女の子なんだから、馬鹿な男にダマされただけで命を散《ち》らすなんて絶対に間違っている。

やがて、間もなく電車が到着《とうちゃく》するとのアナウンスが流れた。

僕は、いつその時が来てもいいように、ドキドキしながら彼女の背中を見つめ続けた。ファーンと警笛《けいてき》が聞こえ、電車の鼻先がホームへと入ってくる。僕は息をのんでその瞬間《しゅんかん》にそなえた。

しかし、電車の先頭車両はゴーッと音を立てながら、彼女の前を通過していった。

彼女は、ホームの黄色い線の内側に立ったままだ。

——よかった……思いとどまったんだ……。

ホッとして思わず膝《ひざ》から崩《くず》れそうになるのを、僕はこらえた。

停車した電車のドアが開くと、彼女は電車の中へ吸《す》い込《こ》まれるように入っていく。

僕はあわてて、彼女を追うように電車に飛び乗った。

——油断《ゆだん》するな。まだ終わったわけじゃない。

彼女は、電車には飛び込まなかったが、自殺を思いとどまったとは限らない。自殺を決めてから、すんなりと実行できる人は少ないと聞いたことがある。何度もためらうものらしい。投身自殺、ガス自殺、首つり、リストカット……自殺の方法はいくらでもある。今はまだ迷《まよ》っているだけで、この先、心を決める可能性は十分にある。

僕は電車のドアにもたれて、さりげなく彼女の表情を観察し続けた。

彼女は、一つ先のドアに、僕と同じようにもたれている。その表情のなんと悲しそうなことか……。男との思い出を頭にめぐらせているのか、うっすらと涙《なみだ》ぐみ、「死にたい、もうやだ……」と微《かす》かに唇を動かすこともあった。

そんな彼女に、僕はますます胸《むね》が締《し》めつけられた。気味《きみ》が悪いと思われても、彼女に話しかけて「自殺はやめるべきだ」と説得《せっとく》しようと何度も考えて、迷った。けれども、踏《ふ》み切《き》る勇気がわかなかった。

ふと車窓《しゃそう》から外を見ると、そこには、まるで見たことのない景色《けしき》が広がっていた。気がつくと、電車は終着駅の近くまでやってきていたのだ。

ふたたび、彼女に視線《しせん》を移す。彼女は、もうそこにはいなかった。驚《おどろ》いて見回すと、すでに電車から降《お》りている彼女の後《うし》ろ姿《すがた》が見えて、僕はまたあわてて追いかけた。

彼女は改札を抜《ぬ》けた。そして、僕も。

だが、ゲートが僕の行く手をふさいだ。料金が足りていなかったようだ。僕はあせって引き返し、清算し直して、改札を抜ける。

しかし、そのときには彼女の姿は消えてしまっていた。

北口に出たのか、南口に出たのか、それもわからない。

当てずっぽうで北口に出てみたが、やはりいない。南口に出ても同じだった。

そこは、まるで知らない街。彼女がどこに向かったのか、ここは彼女が住んでいる街なのか、どこに家があるのか、僕はどこへ向かえばいいのか——さっぱりわからない。

けど、ここでじっとしていても、しょうがない。

歩き続ければ、どこかでまた出会えるかもしれない。

そう思いながら、何時間も彼女を探《さが》し続《つづ》けた。

だが、奇跡《きせき》は起こらなかった。

どこに行っても彼女はいない……。

僕はガックリとうなだれて、公園のベンチから動けなくなっていた。

日はすっかり暮《く》れている。

——どうか生きていてほしい……。そう願った。

さっき声をかけなかったことを悔《く》いていた。

「大丈夫《だいじょうぶ》ですか？」

その時、突然《とつぜん》、声をかけられた。女性の声だ。

——そんな心配されるほど、思いつめた顔してるのか。

そう思いながら見上げると、そこにいたのは、あの彼女だった。

「あ！」

「え？」

彼女は不思議《ふしぎ》そうに目を丸くした。

「よかった！　本当によかった！　生きててくれたんだね！」

僕は心から感激《かんげき》し、彼女の手を取って喜んだ。ちょっと泣いていたかもしれない。

対照的に、彼女はあっけにとられて、ますます不思議がっていた。

「あっ」

と思って、僕はすぐに険《けわ》しい表情になった。

たしかに今、彼女は生きている。けれども、自殺をやめたとは限らない。不安定になった気持ちには波があるものだ。これから先、死ぬことを選択《せんたく》することだってあるのだ。

僕は、さっき言えなかったことを、思いきって告げることにした。

「つらい気持ちはわかります！　けど、死んじゃダメです！　早まらないでください！」

「え？」

彼女は驚いているが、僕は構わず続けた。

「周《まわ》りに力になってくれる人だっていると思うし……もし、いないのなら僕でよければ力になります」

「待ってください！　いったいどういうことですか？　どうして私が自殺するだなんて……」

とまどう彼女の気持ちはわかる。誰にも知られていないはずの秘密《ひみつ》が、僕に知られているのだから、平然としていられるわけがない。

「それは……信じてもらえないかもしれないけど、実は……」

僕は、読唇術で彼女が喋《しゃべ》っていることをずっと読み取っていたことを、正直に話した。

「そういうことだったんですか……」

納得《なっとく》した彼女は、明るい笑顔を見せた。

先ほどとは、まるで雰囲気《ふんいき》が違う。悩みなんてまるでないかのような表情をしていた。服装《ふくそう》もジャージ姿だし、運動でもして気分が晴れたのだろうか？　いや、そんなことで彼女の悩みは晴れるはずがないと思うのだが……。

「あのひょっとして、もう自殺するつもりは……ない？」

僕がおそるおそるたずねると、彼女はクスッと笑って首を横に振《ふ》った。

「違うんです」

「違う？」

「ええ、自殺なんて最初から考えてません」

「じゃあ、僕の勘違《かんちが》い？　けど、おかしいな。読唇術では間違いなく『私、死ぬから』って言っていたように思えたんだけど。それに、あんな思《おも》い詰《つ》めた表情をしていたし……」

「実は、私、大学で演劇《えんげき》サークルに入っていて……今もトレーニングの途中《とちゅう》なんです」

「演劇サークル？」

「さっきは、今度やる舞台《ぶたい》の役作りをしていて……それが、ひどい失恋《しつれん》をして自殺を考える女性の役で……」

「え……じゃあ、君が話していたことは、全部演技《えんぎ》？」

「そうなんです……」

僕はしばらく呆然《ぼうぜん》としていたが、急に身体《からだ》の力が抜けてへなへなとベンチに腰《こし》を下ろした。

彼女は心配そうに声をかけた。

「大丈夫ですか？」

「ええ、大丈夫です。安心したら、なんだか急に……とにかく、そういうことならそれでよかったです」

「なんだか、本当にすみません。お騒《さわ》がせしてしまって……」

「いえ、僕が勝手に騒いだことですから。気にしないでください」

僕は笑顔を見せた。それを見て彼女も安心したのか、

「では、ランニングに戻《もど》りますね」

と言って、彼女は僕に背中を見せて走り始め、みるみる遠ざかっていった。僕から逃《に》げようとしてるように思えなくもない。

——やっぱり、少し気味が悪いと思われたのかな？

読唇術《どくしんじゅつ》で喋《しゃべ》っていることを読み取られて、ここまで後をつけたのだから、そう思われてもしかたがない。

僕がため息を吐《つ》いて立ち上がると、遠くで彼女が立ち止まっているのが見えた。

彼女の口元はわずかに動いていた。その言葉は、こんなふうに読み取れた。

「優《やさ》しい人だったな。また会いたいな……」


（作　佐々木充郭）

自《じ》伝《でん》

私が有名になるきっかけになったのは、人気ドラマで主人公の上司役《じょうしやく》を演《えん》じたことだった。その直後に、お菓子《かし》と歯磨《はみが》き粉《こ》のCM出演が決まった。

私の顔と名前は、そうして少しずつお茶《ちゃ》の間《ま》に浸透《しんとう》していった。出版社《しゅっぱんしゃ》から自伝の執筆《しっぴつ》を依《い》頼《らい》されたのは、その頃《ころ》のことだった。

私はその依頼を引《ひ》き受《う》けた。「自分のことをもっと知ってもらいたい」という思いもたしかにあった。しかし、それだけではない。そこには、私が俳優《はいゆう》を目指した理由《りゆう》が関《かか》わっていた。

かつては私も、ただの夢見《ゆめみ》がちな若者の1人にすぎなかった。俳優にあこがれて東京に出てきたものの、なかなか芽《め》が出ず、くすぶりつづける日々が長く続いた。

「自分には才能《さいのう》がないのではないか」と不安になり、夢をあきらめかけてもいた。そんな私の運命を変えたのが、憧《あこが》れの俳優《はいゆう》である柏崎健太郎《かしわざきけんたろう》氏の自伝だった。

数々の名作に出演した売れっ子でありながら、人気絶頂《ぜっちょう》の時期《じき》に突如《とつじょ》、芸能界《げいのうかい》を引退した伝説のスター。その自由で個性的な生き方に、私は強く影響《えいきょう》を受けた。

売れる前も、こうして売れてからも、私はずっと思っていた。いつか柏崎さんのように自伝を書くことで、かつての自分のような若者たちを励《はげ》ましたいと。なにせ、売れるまでに20年かかったのだ。苦労話など、読者に伝えたいエピソードには事欠《ことか》かない。書き始めれば、あっという間に書き終わると思っていた。

せっかく書くからには、読者につまらないものは読ませられない。おもしろくて、ためになって、それでいて感動的。そういう自伝を、責任をもって書かなければならない。

しかし、いざ書き始めてみると、そう簡単なことではなかった。初めの1行を何度も書いては消した。数行書き進めて、「なんてへたくそな文章だ」と落《お》ち込《こ》んだ。

ようやく1枚書きあげると、今度はそのくだらない内容にうんざりした。くだらないのが自分の人生そのもののように思えて、その1枚をくしゃくしゃに丸めてゴミ箱《ばこ》に捨《す》てる。

そんなことを繰《く》り返《かえ》すうちに、いつしかノイローゼのような状態《じょうたい》に陥《おちい》っていた。

自伝のことが気になって、俳優の仕事にも身が入らない。

「自伝なんて本業じゃないんだ、本業の演技《えんぎ》の仕事に悪影響《あくえいきょう》が出るくらいなら、いっそ自伝の執筆《しっぴつ》なんてやめてしまったほうがいい」

とも思ったが、その弱気な決断が、なんとなく自分らしくない気がして、やめられなかった。

やがて半年が過《す》ぎ、締《し》め切《き》りの1週間前となった。

気分転換《きぶんてんかん》にと思い、家を出て、海沿《うみぞ》いにある、客のまばらな喫茶店《きっさてん》に入った。その片隅《かたすみ》に座《すわ》って、原稿《げんこう》用紙を広げた。原稿用紙の1行目に『自分らしく自由に生きろ』というタイトルを書く。2行目には『俳優　杉田要《すぎたかなめ》』。書けたのは、その2行だけだった。

私は後悔《こうかい》していた。やはり自伝の執筆なんて、引き受けるんじゃなかった。この日、何百回目かのため息をつき、頭を抱《かか》えて海を見つめた、その時だった。

「杉田さんですよね？」

突然《とつぜん》、背後《はいご》から声をかけられた。振《ふ》り向《む》くと、見知らぬ男が立っている。短髪《たんぱつ》の頭頂部《とうちょうぶ》が禿《は》げかかっている小柄《こがら》な男。

最近は変わったファンも多いから、警戒《けいかい》は解《と》かず、しかし笑顔《えがお》で私は応《おう》じた。

「どちらさまですか？」

「私、こういうものです」

と、男が名刺《めいし》を差《さ》し出した。男の名前は室井守《むろいまもる》。ライターという肩書《かたがき》が掲《かか》げられている。

「ライター……どういうご用でしょう？」

「はい、実は私、ゴーストライター、すなわち本人に替《か》わって文章を書く仕事をしています。杉田さんは自伝を書こうとしていますよね？」

「なぜそう思うのです？」

「『自分らしく自由に生きろ』というタイトルを見て、ピンと来たのです。その言葉、柏崎さんの自伝からの引用ですよね？」

図星《ずぼし》だったが、私は黙《だま》っていた。

すると室井は続けた。

「警戒《けいかい》なさるのも無理はありません。ただ、私は職業柄《しょくぎょうがら》、様々な方のゴーストライターを務《つと》めてきました。あなたのようなタイプの方の力になれると思います」

「私のようなタイプ？」

「ええ、杉田さんはファンに対しての責任感が強い。それゆえ、下手《へた》なものは読ませられないと、思い悩《なや》むタイプだとお見受けしましたが？」

またも図星だった。かなり鋭《するど》い分析能力《ぶんせきのうりょく》を持っているらしい。だが私は、まだこの男を信用することにためらいを覚えていた。そのためらいの内容を、室井はすらすらと言葉に変えた。

「あなたは2つのことで迷《まよ》っていらっしゃる。1つ目は、私に執筆を任せるだけの能力があるのかどうか。2つ目は、他人に書かせた自伝を、本当に自伝と呼べるのかどうか…」

これも当たり。私は尋《たず》ねた。

「なぜそこまで、私の心がわかるのです？」

「なぜって、それは私が、本人になりかわって文章を書く、プロのゴーストライターだからです。では、あなたの2つの迷いを、払拭《ふっしょく》してさしあげます。これをご覧《らん》ください」

室井が、古びた手書きの原稿を差し出した。

その原稿を数ページ読んだだけで、私はすぐに、室井に自伝の執筆を依頼した。

なぜなら、その手書きの原稿は、私が俳優を目指すきっかけとなった、柏崎健太郎の自伝の原稿だったからである。

その日から何度か、私は室井の取材に応じ、自分の人生を語った。室井の細かすぎる質問にも、私は正確《せいかく》に、そして正直《しょうじき》に答えた。

そして締切《しめきり》の前日、ついに原稿が仕上がってきた。

それを読んで私は愕然《がくぜん》とした。

「室井さん、これ、どういうことですか?」

「何がです?」

「お話しした内容とぜんぜん違《ちが》うじゃないですか!? たしかに幼《おさな》いころから演技《えんぎ》が好《す》きだったとは言いました。でもそれはあくまで、おままごとのレベルでの話です」

「はぁ」

「小学校の入学前に台本を書き、その台本を友だちと2人で演じて、近所の子どもたちに見せていただなんて、これはさすがに嘘《うそ》だ。なんで、こんな嘘を書いたんです?」

「『演技は、虚構《きょこう》を通して真実を語ることである』。ご存じですよね、この言葉?」

「知ってます。柏崎さんの自伝に書いてありました……でも、だからと言って……」

「いいですか、杉田さん。あなたはプロの俳優です。あなたから生まれるものは、すべて演技であり、真実を語るものです。自伝の中のあなたも、演技をしているあなたであり、それもまた真実なのですよ。それに、柏崎さんの言葉だって、彼が言ったものではありませんよ」

正直、知りたくもない情報だった。

しかし、次の一言で決心した。

「大丈夫《だいじょうぶ》、幼いころに台本を書き演技を見せたということが虚構《きょこう》だったとしても、それをウソだと言い切れるほど記憶《きおく》のたしかな人なんていませんよ」

結局、私は、室井の書いた原稿を1文字も直さず、それを自伝として出版した。自伝は大好評《だいこう ひょう》を博《はく》した。出版不況《ふきょう》と言われ、10万部売れればベストセラーと言われるこの時代に、100万部の大ヒットとなった。私はこの1冊で、不動の人気を手に入れた。

自伝自体がドラマ化され、私が自ら主役を演じた。ドラマの主役や、海外映画からの出演オファーが立て続けに届くようになった。出版社は言った。

「杉田さん、続編を出しましょう！」

「続編？　出版してまだ半年なのに？」

「もちろんです。前回は、人気ドラマに出て有名になるまでのお話でしたよね。今回はそこから先、現在までを書いてください」

「前回の自伝からまだ日も経っていないのに、そんなことを言われても……」

しかし私は断《ことわ》らなかった。頭には、室井のことが浮かんでいたからだ。

「あいつなら、なんとかしてくれるかもしれない」――そう思ったのだ。

予想通り、室井は、私からの執筆依頼を快《こころよ》く引き受けた。さっそく取材が始まった。

人気ドラマに出演して以降《いこう》で私が語れるエピソードと言えば、前作の自伝のヒットのことと、自伝を映画化したことくらいだった。取材は1回で終了した。

それでも室井は、「これで十分」と言い切った。

1週間後、また原稿が上がってきた。読み終えた私は深いため息をついて言った。

「室井さん、これはさすがに、ないんじゃないだろうか……」

「何か、問題でも?」

「たとえばここ。私に隠《かく》し子《ご》がいて、その隠し子が私に会いに来たって……」

「いいじゃないですか、ドラマティックで」

「しかもその隠し子が、歌手のサイトウコウタだなんて。向こうから訴《うった》えられますよ」

「心配ありませんよ。彼の了解《りょうかい》はすでにとりつけてありますから」

「え？　なんで彼は、了承《りょうしょう》したの？」

「もうすぐこれが出版されるからです」

室井は原稿の束《たば》を手渡した。それはサイトウコウタの自伝の原稿だった。何枚目かにフセンがつけられており、そこを開くと、「杉田要がサイトウコウタの父親だ」と書かれていた。

「まさか、この本は……」

「ええ、私が書いたものです」

かくして続編は出版された。前作がサクセスストーリーならば、今回は、感動作。読者からは、「感動した、ありがとう」という手紙が続々と届いた。

2冊目の自伝もまた、私の名声をぐんと押し上げた。私はいまや国民的なスターで、「総理《そう り》大臣《だい じん》になってほしい有名人」というアンケートでも堂々《どう どう》の1位《い》に輝《かがや》くほどだった。

2冊目の自伝の部数は、前作をはるかにしのぐ300万部。

空前の売り上げに、出版社は喜《よろこ》び、言った。

「杉田さん、いや杉田先生、これはもう、最新作の自伝を書くしかありません」

「何言ってんの!?　もうネタがないでしょ。自伝が今の自分に追いついちゃってるんだから」

「そこをなんとかなりませんか？」

むちゃくちゃなオファーだが、それでもなんとかなるかもしれない。さっそく室井を呼び出し、ことのあらましを説明した。

ところが、室井はなかなか首を縦《たて》に振《ふ》らない。理由を問いただすと、室井は言った。

「1冊目があなたの過去、2冊目があなたの現在について書いたものです。過去ならば、塗《ぬ》り替《か》えればいい。現在も、周辺とのちょっとしたつじつま合わせでなんとかなりました。でも今回は違う。いわば完全なる未来を書くことになる。それを書いたら杉田さん、あなたはその自伝に、自らの人生をしたがわせることになります。私は、書き始めたらぜったいに妥協《だきょう》をしない。どんな自伝になっても、あなたにはしたがってもらいますよ。それでもよいのですか？」

「いいよ。俺はプロの俳優だ。あんたが書いた自伝を、そっくりそのまま演じてみせるよ」

本当は、迷っていた。サイトウコウタにしろ、柏崎さんにしろ、彼らの自伝は室井が書いたものだ。他の有名人の自伝も、おそらくは他の誰《だれ》かが書いたものだろう。

もしかしたら、この世にいる有名人はみな、誰かの書いた台本にそって生きているのかもしれない。だが本当にそれでよいのだろうか？　それが、私の夢だったのだろうか？

しかし、その迷《まよ》いを、私は隠《かく》した。自分の考えに確信《かくしん》が持てなかったからだ。室井は、執筆《しっぴつ》を引き受けた。今回はもう、私に対して一度も取材がなかった。

一週間後、原稿が上がってきた。

室井は、心なしか痩《や》せたように見えた。しかし、その目はぎらぎらと輝《かがや》いていた。

「私の魂《たましい》のすべてを込《こ》めました。これは、私の最高傑作《さいこうけっさく》です」

自分の話であるはずのその自伝を、私は夢中《むちゅう》になって読み進めた。だが途中《とちゅう》まで読んで、自分の自伝であることを思い出し、はっと我《われ》にかえった。

「こんなことが、本当に起きるのか?」

「はい、間違いありません」

「だってこんなことが起きたら、歴史も変わるじゃないか?」

「大丈夫です、これをご覧《らん》ください」

室井が、もう一つ原稿の束《たば》を取り出した。

それは、とある政治家による自伝だった。汚職《おしょく》を重ねる日本の政治家たち、そしてぬるま湯に浸《ひた》りきった日本に警鐘《けいしょう》を鳴らすため、その政治家が「クーデタを起こそうと自衛隊《じえいたい》を率《ひき》いて蜂起《ほうき》した」と書かれていた。室井は言った。

「お察《さっ》しのとおり、その自伝も、私が書き下ろしたものです。あなたの自伝と同じ時期に発売されますから、私の中では、その2冊は姉妹作品ということになります」

「しかし、こんなこと、本当に可能だろうか？」

「何が疑問なんですか？」

「だって、政治家がクーデタっていうのはリアリティがあるけれど、私は一介《いっかい》の俳優だよ。その私が、こんな……」

「あなたは、おっしゃったじゃないですか。私が書いた台本をそのまま演じてみせると」

「そうは言ったが、これはさすがに無理だろう」

「そうですか……では、この原稿はお渡しできません。ついでに言えば、その政治家の自伝の原稿も、お蔵入《くらい》りにしなければなりません。残念です。彼にクーデタを起こさせるのも、すべてはあなたの行動を引き立てるための演出にすぎなかったのに……そしてあなたは、俳優の枠《わく》を超《こ》えた、永遠のヒーローになるはずだったのに」

「しかし……」

「いいですか、あなたというキャラクターは、私の理想なんです」

「そりゃそうだろうよ。あなたが理想を書いているんだから……」

私はさらに、自分の自伝の原稿を読み進めた。最終ページには、こう書かれていた。

『わたしは武器《ぶき》を持たず、クーデタの首謀者《しゅぼうしゃ》の元を訪《おとず》れた。護衛《ごえい》のSP《エスピー》たちが向ける銃《じゅう》を恐《おそ》れることもなく、わたしは彼を説得《せっとく》した。その説得に、彼は涙《なみだ》を流し、応じた。そして全隊員に、その場で解散《かいさん》を命じた。だが、その命令に不満を持つ隊員もいた。その隊員の銃弾《じゅうだん》に、首謀者は倒《たお》れた。そして、彼をかばったわたしも、銃弾を受けた。わたしはこれを病院で書いている。まもなく、わたしはみなさんの目の前から消えるでしょう。しかし国民の皆《みな》さん、人間には、命に代えても前に進み出なければならない時があるのです……』

私は目を閉《と》じた。誰にも――室井にも、私自身が考えるのを、邪魔《じゃま》されたくなかった。しばらくの沈黙《ちんもく》の後で、私は目を開《あ》け、室井をまっすぐに見つめて言った。

「室井さん、あなたの才能には本当に感心している。しかし、この本の通りにはいかないよ」

「どういう意味ですか？」

「私は、あなたが書いた柏崎さんの自伝に感動した。その中でも、最も感動した一文がある。

どれだと思う？」

「……」

「1冊目のタイトルにした、あの一文だよ」

「『自分らしく自由に生きろ』ですか？」

「そうだ。3冊目の私の自伝の原稿は、たしかに素晴《すば》らしい。だが、私は、この自伝のように生きるつもりはない。俳優も引退するつもりだ。私はこれから、私らしく生きることにするよ」

室井は黙《だま》っていた。

私は静かに立ち上がり、喫茶店を出た。

その後、私は俳優を引退《いんたい》し、数年後には日本を離れた。彼が本当にそうしたかどうかは定かではないが、自伝の中の柏崎さんがそうしたように、財産《ざいさん》をすべて福祉団体《ふくしだんたい》に寄付《きふ》し、海外で、貧《まず》しい人々のために働き続けた。それが、私らしい生き方だと信じていた。

そうやって、3年が過ぎたある日、私はインターネットで調べ物をして、私の自伝が発売されていることを発見した。

私は急いでその自伝を取り寄せ、読み進めた。そして驚愕《きょうがく》した。そこには、彼と喫茶店で別れて以降の私の行動が、すべて書き込《かこ》まれていたのである。

俳優の仕事、それまでの成功をすべて捨てて、外国に旅立ったことも書かれている。

室井はどうやってこれを書いたのか。私は誰にも知らせずに日本を出国し、行き先も誰にも言っていない。私が外国の未開の村に逗留《とうりゅう》していたことも書かれている。そこでは外国人がうろうろしていたら、すぐに周囲に知られてしまう。スパイを送って調べたわけでもないだろう。

そして驚くことに、この自伝は、3年前、私が日本を去った直後に出版されていた。つまり室井の書いた自伝は、私の将来を完全に予言《よげん》していたのである。

私はわけが分からなくなった。はたして私は、自分の意志で自分の人生を歩んでいるのだろうか。それとも、室井の意図《いと》に逆《さか》らったつもりが、実は室井のシナリオ通りに進んだだけだったのだろうか。

いくら考えても答えは出なかった。そこでとりあえず、日本に帰国する準備《じゅんび》を始めた。なぜなら、自伝にそう書かれていたからである。


（作　吉田順）

幸運の証明

臨時《りんじ》で開かれた取締役会《とりしまりやくかい》に、取締役たちは暗い表情で集まった。

この会社の社長は、突然《とつぜん》の思いつきで形だけの取締役会を開き、無茶《むちゃ》なことを要求する。その会議の場で、どんな意見が出ようが、結局は自分の意見を押《お》し通《とお》すのだ。そのため、部下や社員たちから信望《しんぼう》は得られていなかった。

しかし、先代社長から引《ひ》き継《つ》いだこの会社に、今、絶対的な権力者《けんりょくしゃ》として君臨《くんりん》しているのは彼である。社長に反対意見を申し立てたことで、左遷《させん》されたり、クビにされた人間を、取締役たちは何人も見てきた。つい先日も、ある取締役が新規事業《しんきじぎょう》についてのリスクを示唆《しさ》したことで、会社を追い出されたばかりである。

社員たちは自分の身を守るために、臨時の会議ではワンマン社長の気まぐれに耳をかたむけるしかないのだ。

「先日、空席となってしまった取締役の一席に、今日から彼を座《すわ》らせることにした」

今回も社長は独断的《どくだんてき》に、相談ではなく決定事項《けっていじこう》として、そう告げた。

社長が示した「彼」を見て、取締役たちは顔を見合わせた。「彼」は、どう見ても20代半ばで、取締役となるには、あまりにも若すぎた。しかし、この場で異《い》を唱《とな》えれば社長の機嫌《きげん》を損《そこ》ねることは確実で、そうなれば自分の身がどうなるかは考えるまでもない。

社長の言葉を聞くだけの会議が終わり、社長が若者を連れて悠々《ゆうゆう》と会議室を去ったあと、取締役たちはいっせいにため息をついた。

「見ましたか？　あの歳《とし》で取締役だなんて……どう見たって新人同然じゃないか」

「たしか彼、広報部の人間じゃなかったか？　大出世《だいしゅっせ》だな。結構《けっこう》なことだ」

誰《だれ》かの皮肉《ひにく》に、しかし、ほかの取締役たちは笑《わら》わない。

重い空気が会議室をよどませる。そこに誰かが、意を決した様子《ようす》で口を開いた。

「思うんですが……あの若者は、その……社長の隠《かく》し子《ご》じゃないでしょうか」

そして続けた。

「入社試験で見た記憶《きおく》があるのですが、彼は特筆《とくひつ》すべき能力があるような人物ではなかったはずです。それを社長が独断で採用したものですから……『自分の子どもだから採用したんじゃないか』と言っている人間も多いんですよ」

「だとすれば大問題だ。公私混同《こうしこんどう》も、はなはだしい」

「ちょっと、気をつけてくださいよ。その発言、社長の耳に入ったら……」

「しかしですねぇ。能力が伴《ともな》っているならまだしも、そうではない人間を、我《わ》が子《こ》かわいさだけで取締役に抜擢《ばってき》するなんて、社運に関わるじゃありませんか」

ワンマン社長の思いつきに大反対の取締役たちは、後日、勇気を出して、社長に説明を求めることにした。「特筆《とくひつ》すべき能力もない若者」を重役に取り立てるからには、「特筆すべき理由」がいる。でなければ、社員たちも納得しないだろう。だから、それを尋《たず》ねることは取締役たちにとって当然の権利《けんり》であり、義務《ぎむ》であった。

「理由か。たしかに、必要だな」

後日、取締役たちが恐《おそ》る恐《おそ》る尋ねると、社長は思いのほか、あっさりうなずいた。まず、その場でクビが飛ばなかったことに、取締役たちはほっとした。

社長は、社長室のイスにふんぞり返ったまま話し始めた。

「あの若者は、とにかく運がいいんだ。ビジネスを成功へ導《みちび》く最後のカギは『運』だと、わたしは思っている。わたしは、彼の強運に賭《か》けてみたいんだ」

「たしかに、運が必要なときもありますが……それだけで全社員が納得するでしょうか……」

「そ、そうです。強運の持ち主だという証拠《しょうこ》がいくつかあれば、別かもしれませんが」

2人の取締役の言葉に、その場にいた者は1人残らず、ヒヤリとしたものを覚えた。社長に向かって「証拠を見せろ」だなんて、逆鱗《げきりん》に触《ふ》れてもおかしくはない。しかし、社長よりも年長の彼らには、それだけの不満が、あるいは決意があったのかもしれなかった。

「なるほど、証拠か。いいだろう。彼が、とてつもない強運の持ち主である具体例は、3つは挙げることができる。それを聞けば、おまえたちも納得せざるを得なくなるだろう」

集まった取締役たちを見回しながら、イスから立ち上がった社長は、高級スーツのすそを得意げに翻《ひるがえ》した。

「そのためには、まずあの若者の素性《すじょう》を、おまえたちにも話さなければならないな」

社長がどういう説明で自分たちを納得させるのか、取締役たちは息を詰《つ》めて待った。

「あの若者は、じつは、血を分けたわたしの息子なのだ。妻との間の子ではないがな……」

その告白を、取締役たちは意外な思いで聞いた。まさか社長の口から、隠し子の存在《そんざい》を認《みと》める言葉が出てくるとは思っていなかったからだ。隠し子の存在が明るみになると――多くの社員たちが疑《うたが》っていたとはいえ――社長に対する陰口《かげぐち》が増えることは間違《まちが》いない。それは、社長がもっとも嫌《きら》うことのひとつだった。

それを自《みずか》ら認《みと》めたのは、なぜなのか。取締役たちは社長の次の言葉を待った。

「だが……それが1つ目の、彼の幸運の証拠だ。わたしという人間の子どもに生まれたことが彼の人生の大半を決定した。安月給のサラリーマン家庭に生まれるよりも、婚外子《こんがいし》ではあってもわたしの子どもとして生まれたほうが、幸せだとは思わんか？」

自信満々の言葉に、取締役たちは視線《しせん》をちらちら交《か》わすばかりで、返事ができない。それを同意と受け取ったのか、社長は得意げにうなずき、右手の人差《ひとさ》し指と中指を立ててみせた。

「そして、彼の2つ目の幸運は、父親の――つまり、このわたしの――大きな愛情に包《つつ》まれたことだ。わたしは彼に、妻との間にできた子どもと同じだけの愛情を注いできた。彼の境遇《きょうぐう》であれば、冷たくあしらわれる場合もあるはずだ。しかし、わたしには地位も金もある。彼のために必要な金は十分に渡《わた》してきた。生活に困《こま》ることはなかっただろう。そして、父親の会社に入社することができた。それこそ、彼の2つ目の幸運じゃないか」

目をしばたたかせる取締役たちに、社長が「そして3つ目」と、薬指まで立てた右手を突《つ》き出《だ》す。限りない自信に満ちた目が、鋭《するど》く光を放った。

「彼の3つ目の幸運は、わたしの手によって、この会社の取締役に抜擢《ばってき》されることだ。これで彼の人生は大きく変わる。成功者としての一生が約束されるだろう。これを幸運と呼《よ》ばずして、なんと呼ぶ？　さあ。おまえたちも、彼を取締役として迎《むか》えることに納得だろう」

尊大《そんだい》な言葉に、しかし取締役たちは誰《だれ》ひとり首を縦《たて》に振《ふ》らなかった。彼らの頭には、同じ意見がめぐっていた。

経歴も実績もない若者を取締役に抜擢《ばってき》するにふさわしい「幸運」の証拠《しょうこ》を示せと言ったのに、その理由が、「取締役に抜擢されることだ」と言われて納得できる人間がどれだけいると、社長は思っているのだろう。

「わたしは、同意しかねます」

そう言い放ったのは、「運がいいという証拠を示してほしい」と社長に言った、最年長の取締役だった。

「そんな理由では、社員たちは納得しないでしょう。もちろん、わたしも断固《だんこ》反対です」

淡々《たんたん》と言葉を連ねた白髪《はくはつ》の取締役を、社長がギラリとにらみつける。その目に、ほとんどの取締役は見覚えがあった。「異動だ！　出向だ！」と叫びだす寸前《すんぜん》の目だった。

また、ひとりの社員がクビになる。その場にいあわせた取締役たちは同時にそう考え、今まさにクビを言い渡されようとしている彼のことを哀《あわ》れに思った。

――が、むしろクビになったほうがいいのかもしれない、と彼らはすぐに思い直した。

自分の話を本気で信じているようなワンマン社長では、遅《おそ》かれ早《はや》かれ、この会社の「運」も尽《つ》きてしまうだろうから。

（作　桃戸ハル、橘つばさ）

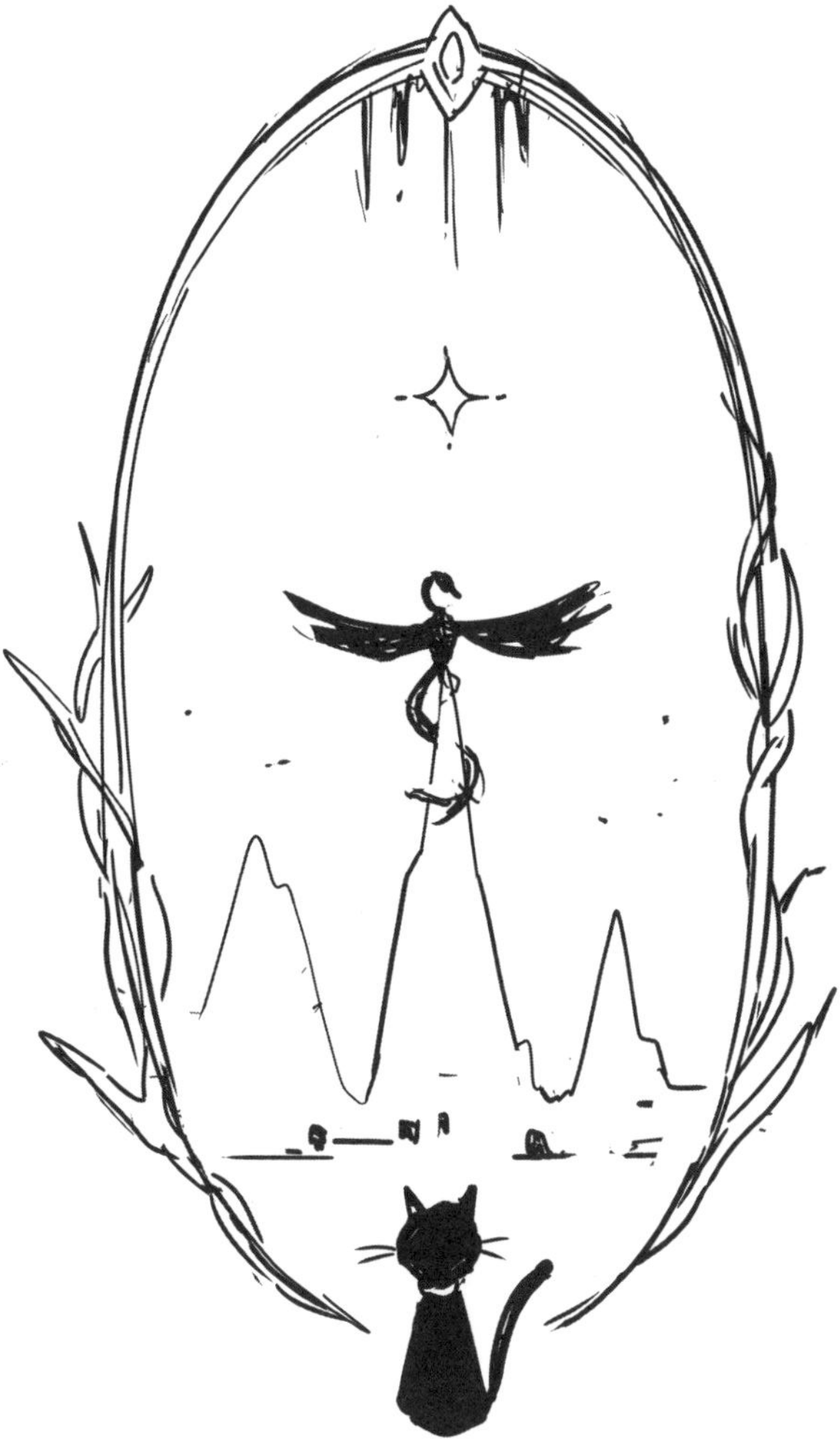

メイクの魔法《まほう》

「ねえ、ヒナ。私ね、これに応募《おうぼ》してみようと思ってるんだけど」

放課後の教室。いつになく真剣《しんけん》な表情で、ユキナはスクールバッグから取り出した雑誌《ざっし》のページを開いた。それは、ユキナが愛読しているティーン向けのファッション誌。「読者モデル募集」の告知ページだった。

「えっ!? 本気?」

「うん。でもさ、一人じゃ心細いから、ヒナ、一緒《いっしょ》に応募してくれない?」

「え〜っ、やだ〜っ。私なんて、絶対無理だし」

思いがけないユキナからの提案にとまどいながら、ヒナはその記事に目を落とした。

まずは、バストショットと全身を写した写真、そして簡単《かんたん》なプロフィールを出版社に送る。

その書類審査《しょるいしんさ》に通ったら、7月、都内で行われる2次審査に進む。その後、最終審査。それを通過すれば、「読者モデルデビュー」という流れらしい。

「専属《せんぞく》モデルとしてスカウトされる可能性もあります!!」

そんなうたい文句が誌面に大きく躍《おど》っていた。

ヒナとユキナは東京近郊《きんこう》にある私立女子高の1年生。お嬢様《じょうさま》学校というわけではないが、校則《こうそく》はそれなりに厳《きび》しい。身近なところでいうと、髪《かみ》を染《そ》めたり、化粧《けしょう》は禁止。アルバイトもご法度《はっと》だ。

ユキナは、切れ長の瞳《ひとみ》、目鼻立ちがくっきりしている美人系《びじんけい》。そのルックスに自信を持っている彼女は、かねてからモデルへの憧《あこが》れを抱《いだ》いていたようだった。

高校生になってから、生活指導の先生に見とがめられない薄化粧《うすげしょう》のテクニックにも磨《みが》きがかかり、地元のファストファッション店のチープな服を上手《じょうず》に着こなす技《わざ》もある。まさに読者モデルにふさわしい存在《そんざい》と言える。

それに比べてヒナは、日頃《ひごろ》ダイエットを心掛《こころが》けているユキナの影響《えいきょう》もあり、体型的にユキナに見劣《みおと》りするわけではないが、どこか華《はな》のない、印象が薄《うす》い顔立ちだった。

2人は中学時代からの親友だが、目立ちたがりやで奔放《ほんぽう》な性格のユキナが、なぜ凡庸《ぼんよう》で退屈《たいくつ》なヒナを友人に選んだのか。その理由は明白だった。２人並《なら》んで歩いていると、すれ違う他校の男子の視線《しせん》は、必ずヒナを素通《すどお》りしてユキナに向けられる。つまりヒナはユキナの引き立て役のような存在なのだ。

「ユキナだったら、きっと読者モデルになれるよ。でも私は……。応援《おうえん》するからさ」

引《ひ》っ込《こ》み思案《じあん》なヒナは固辞《こじ》した。しかしユキナは執拗《しつよう》だった。

「なんか面白《おもしろ》そうじゃん。ダメだよ。お願い、つきあって！」

結局、ヒナは、強引なユキナに押《お》し切《き》られ、近くの公園で応募書類に添付《てんぷ》する写真の撮影会《さつえいかい》を行うこととなった。いつものような「ふざけて撮《と》る写真」とは違《ちが》う。ユキナはあらかじめ考えていたらしく、「公園のエントランスに咲《さ》き乱《みだ》れる花々」をバックにシャッターを押《お》すようヒナに指示し、ポーズをとった。

それからしばらくして、オーディションのことなどすっかり忘《わす》れていた頃《ころ》、出版社から通知のハガキが届《とど》いた。ユキナは当然のことながら、なぜかヒナも書類審査に通ってしまった。

これほどの人気雑誌なのに、応募数が少なかったのかもしれない。でも、とにかく、ユキナと一緒に東京へ遊びに行く口実ができたとヒナは思った。そしてヒナとユキナは、目的は異《こと》なるものの、1次審査通過を喜びあった。

2次審査の日。待ち合わせをした駅前に、ユキナは真新《まあたら》しいミニスカート姿《すがた》で現れた。しかも、今まで見たことがないくらい、気合の入ったメイクをしていた。まつ毛にびっしり塗《ぬ》られたマスカラは、瞬《まばた》きのたびにバサバサと音がするのではないかと思うくらいだった。

「オーディションでは、ユキナのおまけに過ぎない」と思っていたヒナは、かろうじて淡《あわ》いピンクのリップクリームだけは塗《ぬ》っていたが、いわゆる「スッピン」だった。

バスと電車を何回も乗《の》り継《つ》いで、ようやくたどり着いた都内のオーディション会場は、同年代と思われる女の子たちでごった返していた。

スタッフの説明によると、5人一組で会議室に呼《よ》ばれ、面接を受けることになるらしい。

「では。端《はし》のほうから順番に。それぞれ1分で自己《じこ》PRをお願いします」

ほかの4人は「3歳《さい》からバレエを習っています」「将来《しょうらい》は女優《じょゆう》を目指しています」――事前に考えてあったと思われる自己PRの文句をすらすらと述《の》べた。

ヒナはといえば、教室で先生に指名されるだけで心臓《しんぞう》がばくばくしてしまうあがり症《しょう》なのだが、どうせ落とされるに決まっていると思うと、自分でも不思議《ふしぎ》なくらい冷静《れいせい》だった。

生まれて初めてのオーディションを終えたヒナは、先に面接を終えていたユキナと合流し、会場を出た。そして、あらかじめピックアップしておいた雑貨店《ざっかてん》とスイーツの店《みせ》をまわり、あたりが暗くなりはじめた頃、ふたたび電車とバスに揺《ゆ》られ帰宅《きたく》した。

夏休みに入って間もなく、ヒナのもとに最終審査の案内が届いた。

なんで私なんかが？　なにかの間違い？……いぶかしく思う気持ちはあったが、「不合格」より「合格」の知らせのほうがうれしいに決まっている。ヒナは弾《はず》んだ気分で、さっそくユキナに報告した。

「えっ、嘘《うそ》!?　ヒナも受かったの!?」

ユキナも喜んでくれるものだとばかり思っていた。けれど、彼女は明らかに不満げだった。言外《げんがい》に「私が合格するのは当然だけど、ヒナは落ちると思ってた」というニュアンスが多分にこめられていた。

見下《みくだ》したユキナの態度は、ヒナの中に眠《ねむ》っていたなにかに火をつけた。今まで私は、ユキナの引き立て役に徹《てっ》してきた。彼女の美しい顔立ちに、コンプレックスを抱《いだ》くこともないほどあきらめきっていた。けれど、こんな私にも、最終審査へのチケットが手渡《てわた》されたのだ。

その日、ヒナはファッション誌に掲載《けいさい》してある「メイク講座《こうざ》」のページを熟読《じゅくどく》した。これほどの集中力があれば、「世界史のテストで赤点なんてとるはずない」というくらい熱心に。

おこづかいにゆとりがないので、「百円均一《きんいつ》」のお店へ出かけ、メイクグッズを買い物カゴいっぱい買いこんだ。そして家に戻《もど》ると、おもむろにメイクのレッスンにとりかかった。レッスンというより、初心者のヒナにとって、それは「研究」といったほうがいいかもしれない。

まずはファンデーション、そしてアイメイクだ。眉《まゆ》の形を整え、アイラインを引き、まぶたに薄いブラウンのシャドーを塗《ぬ》る。ビューラーでカールしたまつ毛にはたっぷりのマスカラ。続いてローズピンクの口紅《くちべに》。仕上げにチークの桃色《ももいろ》の粉《こな》をはたく。

鏡の中の自分は、手をくわえるごとに見違えるほど大人っぽく変身していった。なんだか自分じゃない、別の人格になれる気がした。

ある日、コンビニに買い物に行くと、顔なじみのイケメン店員が、いつものようにおつりを手渡しながら、はっと息を飲み、ヒナの顔を5秒ほど凝視《ぎょうし》した。そして「ありがとうございました」と爽《さわ》やかに微笑《ほほえ》んだ。そんな対応をされたのははじめてだった。

仕事で忙《いそが》しいママの代わりにおじいちゃんの家にお使いに行った帰り、駅のホームで、はじめてナンパもされた。ユキナのように奔放《ほんぽう》にふるまってみようかと思ったが、怖《こわ》くなって途中《とちゅう》で逃《に》げ出《だ》してしまったけれど。

今までユキナという存在に隠《かく》れ、誰《だれ》も私に注目してくれなかったが、メイクさえすれば、私だって、それなりに目をとめてくれる人がいるのだ。ヒナは華《はな》やかな気分に包まれた。そして、彼女のメイクはエスカレートしていった。

そんなヒナの変化にまっさきに気づいたのはヒナの母親だった。しかたなくヒナは、オーディションのことを打ち明けた。

「なにかに挑戦《ちょうせん》しようと思うのはいいことだと思う。でも、ママは、お化粧したヒナは、あまり好きじゃないな」

「これくらいみんなしてるよ。ママだってしてるじゃない」

ヒナはくちびるを尖《とが》らせた。

「ママの年齢《ねんれい》になるとね、お化粧は身だしなみのひとつなの。シミやシワを隠《かく》したりね。それに、スイッチなの」

「スイッチ？」

「ママは家にいるときはスッピンでしょ。でも、仕事に行く前にお化粧すると、『今から仕事に行くぞ』っていうスイッチが入るの。戦闘態勢《せんとうたいせい》に入るための『仮面《かめん》』みたいなものなのかもしれない。でも、今のヒナにはお化粧は必要ない。メイクなんてしなくても肌《はだ》はきれいだし、とってもかわいいのに」

ママは眉間《みけん》にシワをよせ、とても哀《かな》し気《げ》な表情を浮かべた。

「ヒナは、本気でモデルをやってみたいの？」

そうママに問いただされたヒナは、その質問にこたえることができなかった。「ユキナを見返してやりたい」という意地ではじめたメイクだけが先走り、本当にモデルになりたいのかどうか、自分の気持ちがわからなくなっていたのだ。

ヒナは改めて鏡に向かい、メイクを施《ほどこ》した自分の顔を見た。ここのところ歯止めがきかなくなっていたせいで、かなりの厚塗《あつぬ》り。幼《おさな》い頃から見覚えのある顔ではない。

ママが言っていたように、まるで仮面をつけているみたいな感じだった。

8月の末。ヒナとユキナは、最終審査の日を迎《むか》えた。

会議用のテーブルが並《なら》べられた控室《ひかえしつ》は香料《こうりょう》の匂《にお》いで、むせかえるほどだった。「人気雑誌の読者モデル」というステイタスがあるせいか、付《つ》き添《そ》いの母親に世話をやいてもらっている子や、プロのヘアメイクらしき人を引き連れた軍団もいる。皆《みな》、一様《いちよう》に鏡をのぞき込《こ》み、メイクの仕上げに余念《よねん》がない。

この場にいる二、三十人ほどの女の子のうち最終審査を突破《とっぱ》し、晴れて誌面を飾《かざ》ることになるのは1人だけ。他の人間を蹴落《けお》とすくらいの強い気持ちがなければ生き残れないのかもしれない。だとしたら、ユキナもライバルというわけだ。そう思いながら、ヒナがかたわらのユキナを見ると、彼女は、もうすでに厚いつけまつ毛に、マスカラを上塗《うわぬ》りしている。ヒナも負けじとブラシで頬《ほお》にチークをはたいた。

名前を呼《よ》ばれ、ヒナは控室を出て審査会場へ向かった。今回は1人ずつ面接が行われる。

ドアを開けると、細長いテーブルにずらりと並んだ審査員の視線が一斉《いっせい》にヒナに注がれた。

「なんだか前と印象が違うみたいですね？」

書類に添付《てんぷ》してある写真と目の前のヒナを何度も見比べながら、茶色の髪にサングラスを差《さ》した男が言った。プレートには「メイクアップ・アーティスト」とある。２次審査のときも審査員席に座《すわ》っていた男だ。

前回は、なんのてらいもなく、自然にふるまえた。今日、メイクという仮面をかぶったヒナは、どんなキャラを演じたらいいのかわからなくなっていた。今の私は２ヵ月前のような田舎《いなか》町の純朴《じゅんぼく》な高校生ではないし、かといってオトナの女性でもない。

ヒナは黙《だま》ったままうつむいた。不気味《ぶきみ》な沈黙《ちんもく》が続き、「編集長」というプレートの席にいた女性が終わりを告げるようにこう言った。

「今日はありがとう。お疲《つか》れさまでした」

ああ落とされたのだとヒナは実感した。

「ありがとうございました」と頭を下げると、涙《なみだ》がこぼれ落ちた。本当にモデルになれるなんて思ってはいなかった。無視されることにも慣れていたはずだった。では、これはなんの涙なんだろう。努力が報《むく》われなかった悔《くや》し涙《なみだ》？

……とにかくわけのわからない涙があふれ、とめることができなかった。

トイレに駆《か》け込《こ》み鏡を見ると、入念《にゅうねん》に施《ほどこ》したメイクは、涙ですっかり崩《くず》れてしまった。

メイクという仮面をつけていれば、ママが言っていたようにスイッチが入り、なにか素敵《すてき》なことが起きると思い込んでいた。でも、メイクで厚塗《あつぬ》りをして精いっぱい背伸《せの》びしても中身はなにも変わってはいない。最終審査《さいしゅうしんさ》まで残れたのがもともと奇跡《きせき》のようなものだった。メイクの魔法《まほう》は、もう解《と》けてしまったのだ。

もう、どうでもいいや。そう思ったヒナは涙でぐしゃぐしゃのメイクを落とした。

この面接を通過したら、そのままスタジオで撮影《さつえい》が行われることになっている。ユキナはおそらくその最後の候補者《こうほしゃ》に選ばれるに違いない。控室《ひかえしつ》でユキナの帰りを待つのはみじめすぎる。ヒナはユキナを待たずに1人で街《まち》へ出た。

行き先はもう決めてあった。「ユキナと一緒に行けたらいいな」と思い、選んであった原宿の人気クレープ店だ。

縁日《えんにち》のようににぎわう通りをしばらく歩き、じりじり照りつける真夏《まなつ》の陽差《ひざ》しの中、長い行列に並び、ヒナはようやくお目当てのクレープを手にした。チョコバナナ・クレープにバニラアイスのトッピング。今日のオーディションのため、ずっとひかえてきた大好きなスイーツを手にしたヒナは、溶《と》けだしたバニラアイスにさっそくかぶりついた。と、そのとき、

「ちょっとお写真、撮《と》らせてもらってもいいですか？」

呼び止められ、ヒナは足を止め振《ふ》り返《かえ》った。そこにいたのは、カメラを手にした男性だった。

「私はこういう者です」

彼は名刺《めいし》を差し出した。そこには、「写真家」という肩書《かたがき》とともに、彼の名前が記されていた。どこかで見たことがある名前——。ヒナはハッと思い出した。それは、ファッション雑誌や広告でよく見かけるカメラマンの名前だった。

「今、ある食品メーカーが開発した新しいスイーツの広告写真のモデルを探《さが》していて、あなたが、とても美味《おい》しそうにクレープを食べているのを見て、お声をかけさせていただきました」


3ヵ月後、街中に、その新しいスイーツのポスターが貼《は》られた。フルーツの素材《そざい》を最大限に生かした、その新商品の味もさることながら、それ以上に話題になったのは、幸せそうにそのスイーツを頬張《ほおば》るイメージキャラクターの女の子だった。素朴《そぼく》な雰囲気《ふんいき》なのに、どこかあどけない透明感《とうめいかん》があり、愛らしい。テレビで何度も取り上げられ、SNSでも拡散《かくさん》されたその女の子は、化粧《けしょう》をしていない素顔《すがお》のヒナだった。

そのポスターには、一言《ひとこと》だけキャッチコピーがつけられていた。
『スイーツもワタシも、素材《そざい》のままがいちばん！』

（作　井上香織）

村人と鬼《おに》とキツネ

とある村のはずれの山で、ひとりの村人が山菜《さんさい》とりをしていました。ですが、その年はワラビが豊作《ほうさく》で、夢中《むちゅう》になってとっているうちに、村人は山の奥深《おくふか》くに迷《まよ》いこんでしまいました。

「まいったな……もうじき日が暮《く》れてしまう……」

きょろきょろと木々の間に目を配《くば》りながら、道とも呼《よ》べぬ山道を村人が歩いていたときです。村人は、道の先にある沢の近くに、恐《おそ》ろしい影《かげ》を見つけて凍《こお》りつきました。運の悪いことに、早くも夜のにおいをかぎつけた鬼《おに》が、すみかの穴《あな》ぐらから出てきたのです。

村人は、あわてました。鬼は、人間の血肉《ちにく》が好物《こうぶつ》なのです。見つかれば、とって喰《く》われてしまいます。しかし、今から逃《に》げ出したところで、足音を聞きつけた鬼が追いかけてくるに違《ちが》いない、と村人は考えました。

「どうすれば……」

必死にあたりを見回した村人は、やがて近くにシカかイノシシか、動物の骨《ほね》が落ちているのを見つけました。これだ、と骨に飛びついた村人は、鬼が近くにやってくるのを待ってから、鬼がいることには気づいていないフリをして、わざと大きな声を上げたのです。

「ああ、やっぱり鬼の肉はうまいなぁ。どうしてこんなにうまいんだろうなぁ、鬼ってやつは。また現《あらわ》れたら、喰ってやろう。今度は、もっとじっくり、火であぶって喰ってやろうかな」

その声を聞きつけた鬼は、その場でピタリと足を止めました。どうやら、仲間の鬼がすぐそこで、何者かに喰われているらしい。しかし、森で一番の強者である鬼を喰う生き物など、いるはずがない……。

「いったい、どんなやつが……」

鬼は、落《お》ち葉《ば》を踏《ふ》む音をできるだけ立てないよう、そろりそろりと声の聞こえてくるほうへ向かいました。

するとそこには、地面にあぐらをかいて骨をむさぼっている人間がいたのです。

「おい、人間。おまえは、おれの仲間を喰ったのか」

思わずそう尋《たず》ねてから、鬼は「そんなバカなことがあるものか」と首を横に振《ふ》りました。

「いいや、鬼を喰う人間などいるはずがない。おまえは人間ではないのだな。いったい何者だ」

するると、人間の男が顔を上げました。男の口もとには、ニヤリと笑《え》みが浮《う》かんでいます。

「おれか？　おれは、この山の王だ。先ほど、礼儀《れいぎ》を知らない生意気《なまいき》な鬼がケンカを売ってきたから、喰ってやったのさ。おまえも、おれの食事になる栄誉《えいよ》がほしいなら、こちらに来るがいい」

骨を振《ふ》って手招《てまね》きする人間を、鬼は信じられない思いで見つめました。

「そんなバカな……。おまえが、この山の王だと？　人間のような姿《すがた》をした、おまえが？」

そこまで言って、鬼ははっとしました。こいつは、もしかしたら、人間の姿を借《か》りているだけで、もっと大きく恐《おそ》ろしい本性《ほんしょう》を隠《かく》しているのかもしれない、と考えたのです。それなら、鬼を喰ったという話も納得《なっとく》できます。

すると、鬼のそんな想像を見抜《みぬ》いたかのように、人間の姿をした男は、おもしろそうに目を細めてアゴを上げました。

「なんだ、信じられないのか。なら、おれのうしろからついてくるといい」

そう言って、人間の男がゆっくりと立ち上がります。恐れた様子《ようす》もなく歩み寄《よ》ってくる人間を見て、鬼は身構《みがま》えました。しかし、これだけではわかりません。こいつがニセモノの姿をした「山の王」なのか、じっくり観察《かんさつ》してやろうと決めて、鬼は人間の後について歩きはじめました。

人間は、ざくざくと落ち葉を踏《ふ》み散《ち》らしながら、山道を進み、鬼はうしろからついてゆきます。すると、それを見た山の動物たちが、一目散《いちもくさん》に逃《に》げてゆくではありませんか。リスやウサギといった小さな動物たちだけでなく、クマやオオカミたち猛獣《もうじゅう》もしっぽを巻《ま》いて逃《に》げてゆくのを見た鬼は、驚《おどろ》きました。目の前を歩く人間の背中《せなか》は自分よりもはるかに小さいというのに、動物たちの怖《こわ》がりようは並《なみ》たいていのものではありません。

こいつは、本当に山の王なのだろうか。鬼は、そう思いはじめていました。

実際は、もちろん人間の男は、山の王などではありませんでした。動物たちも、じつは男を恐れて逃げていったのではなく、男のうしろからやってくる鬼の姿に恐怖《きょうふ》して逃げ出したのですが、鬼は、そんなこととは露《つゆ》ほども気づきません。人間の男は、鬼を利用したに過ぎなかったのです。

しかし、そんなこととは思いもよらない鬼は、「こいつは本当に山の王かもしれない。自分も喰われてはたまらん」と震《ふる》えあがりました。そして、そろりそろりと後ずさりし、少し離《はな》れたところでくるりと向きを変えると、巨体《きょたい》には似合《にあ》わない素早《すばや》さで逃げていったのです。

鬼がいなくなったことで、人間の男はほっと胸《むね》をなで下ろしました。鬼の姿《すがた》を見つけたときは生きた心地《ここち》がしませんでしたが、とっさの思いつきに助けられたのでした。

「鬼のやつめ。でかい図体《ずうたい》のわりに、頭は弱いとみえる。思ったとおりに勘違《かんちが》いしてくれて、助かった」

そうつぶやいて息をはき、人間の男は日暮《ひぐ》れの山道を早く抜《ぬ》けようと、歩《ほ》を急ぐのでした。

そんなやりとりの一部始終《いちぶしじゅう》を見ていた者がいました。ずる賢《がしこ》いキツネです。人間と鬼の様子を岩かげからじっと見物していたキツネは、ニヤリと笑って、しっぽを揺《ゆ》らしました。

「あの人間、うまく鬼をだましたつもりか」

人間は、腕《うで》っぷしの強さで鬼にかなうはずがありません。鬼こそがもっとも強い山の住人だと思っているキツネは、以前から、鬼に取り入る方法を考えていました。鬼を味方につけてしまえば、自分に被害《ひがい》がおよぶことはありません。それに、ほかの動物たちが自分に手を出してくることもなくなるし、大嫌いな人間をやっつけることができます。

「これは、いい機会《きかい》がめぐってきたかもしれない」

キツネは、栗色《くりいろ》の瞳《ひとみ》をいっそう細めて笑いました。人間にだまされているぞ、と鬼に教えてやれば、鬼の信頼《しんらい》を得ることができるかもしれないと考えたのです。鬼を仲間にできれば、向かうところ敵《てき》なしです。

「よし。鬼にぜんぶ、教えてやろう。あの人間がどうなるかも見ものだ」

ノドを震《ふる》わせるように笑って、キツネは駆《か》け出《だ》しました。この山を我《わ》がもの顔で歩く自分と、その自分を見て道をあけるほかの動物たちの顔を想像しながら、鬼のにおいをたどります。

鬼は、沢の近くのすみかに戻《もど》っていました。人間のことをまだ山の王だと勘違いし恐れているのか、すみかの奥に座《すわ》って、何日も前に喰って捨てた動物の骨をしゃぶっていました。情《なさ》けない姿《すがた》に笑いそうになるのをこらえて、キツネは鬼に話しかけました。

「おい、鬼。いいことを教えてやろう。おまえがさっき出会った、山の王だとか名乗っていたやつは、ただの人間だ。あいつの言っていたことは、ぜんぶデタラメだぞ」

「なに?」

「あんな、ちっぽけなやつが、あんたより強いわけがないだろう。山のやつらがみんな逃げていったのも、あいつを恐れたわけじゃあなくて、あいつのうしろを歩くあんたを恐れていたんだよ。つまり、あんたは、あいつに利用されたのさ。小さな小さな、ただの人間にね」

キツネの言葉を聞いた鬼は、しゃぶっていた骨を粉々《こなごな》にかみ砕《くだ》いて立ち上がりました。もとから恐ろしげな顔が、怒《いか》りに震《ふる》えて、ますます狂暴《きょうぼう》なものに変わっていきます。

「あいつ、このおれをだましたのか！　許《ゆる》さんぞ……捕《と》らえて全身の骨を砕《くだ》き、生きたまま腹《はら》を裂《さ》いて内臓《ないぞう》から喰ってやる！」

怒り狂《くる》った鬼は疾風《しっぷう》のごとき速《はや》さですみかを飛び出しました。キツネは、人間のにおいがしてくる方向へと鬼を案内しました。鬼は落ち葉を蹴散《けち》らし、岩を砕《くだ》き、体に当たる枝々をなぎはらって山道を進みます。

「どこだ！　どこだ、人間め‼　キツネから、すべて聞いてわかっているぞ‼　今すぐ、おれの晩飯《ばんめし》にしてやる！」

怒りの声は山じゅうにとどろき、人間の耳にも届きました。

「しまった、小賢《こざか》しいキツネに見られていたか」

男は身を隠《かく》せる場所はないかと探《さが》しましたが、あいにく、もぐりこめそうな洞窟《どうくつ》も登れそうな木も近くには見あたりません。そうこうしている間にも、天を裂《さ》かんばかりの鬼の怒《ど》鳴《な》り声と、地《じ》揺《ゆ》れかと思うほどの足音は、どんどん近づいてきます。

「よし、こうなったら……」

男は腹をくくって、拳《こぶし》を握《にぎ》りしめました。そして、鬼が自分の姿を目にしたであろう瞬《しゅん》間《かん》を狙《ねら》って、鬼の怒《ど》声《せい》と足音にも負けない、大きな声を張《は》り上げたのです。

「キツネのやつ、遅《おそ》すぎる！　鬼をだましておれのところに連れてこいと命じてから、どれだけ経《た》ったと思っているんだ。まったく……あいつはマヌケな鬼を言いくるめることもできないのか!?」

その言葉に不意をつかれたのは、キツネです。まるで身に覚えのないことを叫《さけ》ばれて、思わず足を止めてしまったのが、さらに、よくありませんでした。

「どういうことだ」

びりびりと、全身の毛を逆《さか》立《だ》てる声に振《ふ》り返《かえ》ってみれば、鬼が血走った目でキツネを見下ろしています。

「う、うそだ！　あの人間が、またうそを！」

その叫《さけ》び声《ごえ》にも聞く耳をもたず、鬼はキツネの首根《くびね》っこを巨大な手でむんずとつかむと、そのまま金色《きんいろ》の毛並《けな》みを地面に叩《たた》きつけました。そのまま、ぐったりと動かなくなったキツネをその場に放《ほう》り捨《す》てた鬼は、いま来た道を、落ち葉を蹴散《けち》らして一目散《いちもくさん》に駆《か》け戻《もど》っていきました。

山奥に住んでいた鬼は、そのまたさらに奥の奥、人間がけっして足を踏《ふ》み入《い》れない場所に身を隠《かく》すようになり、以来、人間と鬼が出会うことはなくなったのでした。

（原案「戦国策」ほか　翻案　桃戸ハル、橘つばさ）

小人

僕が小人に出会ったのは、真夏の夜のことだった。

その小人の身長は30センチくらいだろうか。絵本でよく見かけるようなとんがり帽子《ぼうし》をかぶって、くすんだ色のワンピースのような服《ふく》を着ていた。顔つきは、年寄《としよ》りのようにも子どものようにも見えたし、男か女かもハッキリしなかった。

小人は街灯《がいとう》の下にポツリと立っていて、僕が通りかかると、

「あなたの家に行っていいですか?」

と、笑顔《えがお》で話しかけてきた。

ふだんであれば驚《おどろ》いていただろうが、その日の僕は、友人と遅《おそ》くまで酒を飲み、したたかに酔《よ》っていた。

「ああ、いいよ」

そうあっさりと快諾《かいだく》してしまったのだ。

翌朝《よくあさ》、僕は二日酔《ふつかよ》いで頭に痛《いた》みを感じながら目覚《めざ》めた。すると、すぐにプーンといい匂《にお》いが鼻をくすぐった。

見ると、小人がかいがいしく朝食の支度《したく》をしていた。

「あ……ありがとう」

「二日酔いですか？　薬も用意してありますよ」

その時、初めて僕は、昨夜のことが夢《ゆめ》じゃなかったんだと気づいた。

家の中に小人がいる——よく考えれば、かなり気味《きみ》の悪いことのように思える。得体《えたい》の知れないものは、追い出そうとするのが普通《ふつう》の心理であろうが、僕にはなぜかそんな気が起こらなかった。

僕はもともと流されやすい性格だ。その上、面倒《めんどう》くさがり。ここで小人と「家を出て行け」「出て行かない」と、もめるのが面倒くさく思えたのだ。

「小人は、人間の世話を焼くことが生きがいなんです。こうしてあなたと出会えたのも何かの縁《えん》ですし、これからあなたの手助けをしてもいいですか？」

一緒《いっしょ》に朝食を食べながら、小人はそう言って瞳《ひとみ》を輝《かがや》かせた。

小人の言うことに嘘《うそ》はないように思えた。それに「生きがい」と言われたら追い出すのがなおさら悪いように思えて、

「そこまで言うなら」

と、小人が自分の世話をすることを許してしまった。

それから、小人はよく働いた。

掃除《そうじ》に洗濯《せんたく》に食事の支度。僕が会社に行っている間、我《わ》が家《や》の家事はほとんどこなした。

その上、小人は僕の相談にもよく乗ってくれた。仕事や友人や恋人のことで悩《なや》んでいても、小人に相談すると不思議《ふしぎ》と気持ちが楽になった。

日に日に、僕にとって小人は、なくてはならない存在《そんざい》になっていった。

――こんなに尽《つ》くしてくれているのだから、自分も頑張《がんば》らなきゃいけないな。

僕はそう思うようになった。

ろくに仕事もできない無能《むのう》。それが、それまでの会社での僕の評価《ひょうか》だ。その評価を覆《くつがえ》したいと思ってはいたけれど、何をやっても上手《うま》くいかず、最近は退職や転職することばかり考えて

いた。そんな自分にも、献身《けんしん》的に支《ささ》えてくれている小人がいると思うと、やる気が出なかった仕事に、だんだんと身が入るようになっていった。

そのうち、僕のやる気は会社内でも認《みと》められて、ある大事な仕事を任《まか》せられた。

僕はそれを何とかものにしようと、自宅にも仕事を持ち帰って、不眠不休《ふみんふきゅう》で取り組んだ。しかし、なかなか書類の作成が進まない。徹夜《てつや》で仕上げなければならなかったのに、睡眠不足《すいみんぶそく》が続いたせいか、いつの間にか眠《ねむ》ってしまった。

ハッとして起きると、すでに夜は明けていた。

——しまった。

あわてて書類の続きを作ろうとすると、書類はすでに完成していた。

驚《おどろ》いてしばらく呆然《ぼうぜん》としていたが、すぐに誰が助けてくれたのかわかった。

「朝ごはんができましたよ」

いつも通り笑顔《えがお》で朝食を運んでくる小人を抱《かか》え上《あ》げて、僕は、「ありがとう。ありがとう」

と泣きながら何度も感謝した。

「当然のことをしただけです」

小人は笑いながら言った。

「あなたのために尽《つ》くすことが、生きがいなんですから。これからもずっとずっとあなたのことを助けます」

その仕事がきっかけで、その後も僕は、大事な仕事を任されることが多くなっていった。役職もどんどん出世《しゅっせ》して、仕事量も増えていった。忙《いそが》しい毎日だったが、苦ではなかった。仕事が面白《おもしろ》いと感じるようになっていたし、家のことは小人が何でもやってくれるので、集中して仕事に打《う》ち込《こ》めた。給料も増えて、新しい恋人もできて、プライベートも充実《じゅうじつ》していった。

もうそこに、昔の僕の姿《すがた》はなかった。

「ちょっと、いいか?」

同時に、小人に対する、僕の小言《こごと》や注文も多くなっていった。

健康や太ることを気にして、食材や味付けに細かく指示を出した。高級な服も増えたので、洗濯《せんたく》のしかたにもうるさくなった。少しでもホコリを見つければ掃除《そうじ》もやり直させた。

僕の世話をしたい、という気持ちは強く感じたが、小人はプロの料理人でも家政婦《かせいふ》でもない。どちらかというと、何事にも大雑把《おおざっぱ》なほうだった。昔はそれでよかったけど、今の僕は、そんな小人に不満を感じるようになっていた。

けど、どんなにつらく小人に当たっても、小人は懸命《けんめい》に僕に尽《つ》くそうとした。

そんなある日の朝のことだ。

「どういうつもりなんだ？」

僕は小人を問《と》い詰《つ》めた。

「昨夜《さくや》、あなたが疲《つか》れてつらそうだったから、代わりにやって差し上げようと思って……」

小人は僕が眠っている間に、昔のように、仕事の書類を作成したのだ。

だが、僕が昔のように喜ぶことはなかった。

「余計なことを……」

小人の作った書類は、間違《まちが》いだらけで、仕事ではまるで使えない書類だった。昔だったら、「あとで僕が直すからいいや」——そう思えたかもしれないが、今の僕はそうではない。

「こんな書類を作りやがって……また一からやり直しじゃないか。余計《よけい》な手間が増えただけだ」

あきれて怒《いか》る僕を前に、小人は「申し訳ないです」と縮《ちぢ》こまるばかりだった。

その姿にますます僕はイラ立って、深いため息をついた。

「お前がいなくても、僕はもう１人で生きていける。この世には、お前を必要とする人間がもっといるはずだ。だらしのない人や、グータラな人間だ。そういうヤツのところに行ったほうがいい」

「そんな……」

「そうしてくれよ。それに、いつ言おうかと思ってたんだけど……」

僕は新しい恋人と婚約《こんやく》したことを告げた。僕は小人がいなくても、僕を支えてくれる人を見つけていたのだ。もう僕には小人が必要なくなっていた。

小人はショックだったのか、しばらく言葉を失っていた。やがて、しかたなさそうにつぶやいた。

「……わかりました。あなたがそう言うなら、しかたありません」

その代わり、小人の国に帰るから、僕に連れて行ってほしい、とせがんだ。

「小人の国？」

「あなたに言われた通り、クルマはきちんと洗っておきました。ピカピカに。あのクルマで連れて行ってほしいんです」

僕はその頼《たの》みを素直《すなお》に聞いた。今まで尽《つ》くしてくれたのは紛《まぎ》れもない事実だ。それぐらいの頼みは聞いてやってもバチは当たらないと思ったのだ。

小人の道案内にしたがって、クルマは街《まち》を抜《ぬ》けて、海岸線を通って、山間《やまあい》へと向かった。やがてクルマは、ろくに舗装《ほそう》もされていない山道に差《さ》しかかった。街灯もなく、頼れるのはヘッドライトのみだ。ガードレールの外は、急峻《きゅうしゅん》な崖《がけ》が続いている。

その日は、小人と出会った時と同じような真夏の暑い一日だった。日がとっぷりと暮《く》れても、まだまだ蒸《む》し暑《あつ》さが残っていた。いくらエアコンの温度を下げても、涼《すず》しくならない。もう何時間もそんな調子《ちょうし》だったため、僕はイライラしていた。

「いったい、いつになったら着くんだ?」

僕は強い口調で小人に言った。

すると、グスグスと小人がすすり泣く声が聞こえた。

「ごめんなさい。嘘《うそ》なんです」

「なんだって?」

「この先に小人の国なんかないんです……」

「ふざけるな。じゃあ、何のためにこんなところに来たんだよ？」

「もう行くところはないから。だから……」

「あるさ。僕を見つけたように、また別の誰かに声をかけて世話をすりゃいい」

「それができないんです……」

「は？」

「小人にはオキテがあって、一度お世話をすると決めた人間を、途中《とちゅう》で変えることはできないんです。その人が死ぬまで尽くさなきゃならない。何があっても……」

最初、小人の言葉の意味が、正確にはわからなかった。しかし、ふと気づいて僕はゾーっとした。

途中で変えることはできない？　死ぬまで尽くさなきゃならない？

小人はたしかにそう言った。

小人は、僕が死ぬまで、僕の世話をしなければならない。でも、それは見方を変えれば、僕が死ねば、僕の世話から解放されて、別な人間を世話することができる——そういうことじゃないのか？

小人が僕をこんな人気《ひとけ》のない場所まで連れ出したのは、僕を殺すため？

「お前！」

僕は我《われ》を忘《わす》れて、小人のえり首をつかんだ。

「何するんです？」

小人は驚《おどろ》いて叫《さけ》んだ。

「うるさい！　この恩《おん》知らず！　クルマから放り投げてひき殺してやる！」

僕はヒステリックな声を上げて、クルマの窓を開《あ》けた。その瞬間《しゅんかん》、小人は僕の手にかみついた。

「痛《いた》っ!!」

僕が思わず手を離《はな》すと、小人はひょっと飛びはねて後部座席《こうぶざせき》へと逃《に》げ込《こ》んだ。

「おとなしくしろ！」

僕は無我夢中《むがむちゅう》で後部座席へ手を伸《の》ばした。

「危《あぶ》ない！」

小人が叫んだ時にはもう遅《おそ》かった。ハッとして前を見ると、そこに道はなかった。クルマは崖《がけ》を転げ落ちていく。その時には、僕の意識はもうなかった。

気がついた時、僕は病院のベッドの上にいた。

「ひどい事故《じこ》だったね……命があっただけでも奇跡《きせき》だよ」

医者は、同情的な目をしながら、僕の身体《からだ》が今どんな状態かを告げ、病室を出て行った。

どうやら僕の首から下は、もう一生動かないらしい。

医者が出ていったあと、どこに隠《かく》れていたのか、小人が現《あらわ》れ、ベッドの上によじのぼってきた。首はなんとか動くので、小人のほうを向くことができる。その表情もはっきり見ることができた。

「何か、してほしいことはないですか？」

小人は僕のかたわらで笑顔を見せている。僕が死ぬまで世話をできるのが嬉《うれ》しくてたまらないのだろう。

（作　佐々木充郭）

輪舞曲《ロンド》

「痛《いた》たたた……」

革靴《かわぐつ》をはこうとしたとたん、ヘソのあたりがキュウッと締《し》まる感覚がして、僕はスーツの上からお腹《なか》を押《お》さえた。家を出る時間になるとお腹が痛くなるなんて、学校嫌《ぎら》いの小学生じゃあるまいし……と思うけど、ここ最近、会社へ行くのが苦痛《くつう》でしかたない。

原因はわかっている。僕の上司が、いわゆるパワハラ上司だからだ。

「佐竹《さたけ》！　なんだ、この資料は。おまえ、入社何年目だよ……。大学を出てるんだろ？　それとも、裏口入学《うらぐちにゅうがく》か？　ほんっと、給料泥棒《どろぼう》だな」

「おい、佐竹。ちょっと昼メシ買ってきてくれ。おまえが役に立てるのは、それくらいだろ」

「おいおい、勘弁《かんべん》してくれよ……俺が好きなのは、この店の弁当じゃないだろ⁉　おまえ、上司の好みも把握《はあく》してないのか。そんなんで、お客さまの要望がわかるわけないだろ！」

「おまえ、よくそんなんでウチに入社できたな。あれか、コネ入社か？　……あぁ、悪い悪い。おまえみたいなヤツの親が、そんなコネを持ってるわけないよな」

「は？　有給休暇《ゆうきゅうきゅうか》をとりたいだ？　おまえ、仕事中も休みをとってるのと同じだろ？　有休なんか、もうねぇよ」

そんな暴言は毎日のこと。もちろん、言葉だけではない。ファイルで頭を叩《たた》かれたり、デスクを蹴《け》飛《と》ばされたり、忘年会《ぼうねんかい》の日に1人だけ残業を押《お》しつけられたり、「あいつは女にだらしない」と根《ね》も葉《は》もない噂《うわさ》を流されたり……ここ1ヵ月で、ベルトの穴《あな》が2つ内側に寄《よ》ったと思ったら、体重が6キロも落ちていた。

いい加減、限界だ。上司からのパワハラを受けるために、この会社に入ったワケじゃない。このままでは本当に体を壊《こわ》してしまう。いや、体より先に心が壊れてしまうかもしれない。

そんなことを思っていた矢先、ふらりとめまいに襲《おそ》われて、僕は給湯室《きゅうとうしつ》の壁《かべ》に手をついた。おそらく、精神的なものだろう。パワハラによる心の不調は、すでに始まっているのだ。これ以上悪化する前に、会社に訴《うった》えるべきか。あるいは、いっそのこと、会社を辞《や》めてしまったほうがいいかもしれない。

「大丈夫《だいじょうぶ》ですか？　佐竹さん」

突然《とつぜん》の声に驚《おどろ》いた。反射的《はんしゃてき》に振《ふ》り返《かえ》ると、息のかかる距離《きょり》に同僚《どうりょう》の女性社員が立っている。

この距離まで気づかないなんて、どうやら僕は、すっかり精神が参《まい》ってしまっているらしい。

「顔色が悪いですけど、風邪《かぜ》ですか？　熱があるんじゃないですか？」

「あぁ……いや、そうじゃないから。大丈夫ですよ……」

至近距離《しきんきょり》から顔をのぞき込《こ》まれ、後ずさりしようとした僕は、コーヒーメーカーにヒジをぶつけてしまった。ガタタッと震《ふる》えたコーヒーメーカーを、あわてて両手で押《お》さえる。そんな僕を見て、女性社員は柳《やなぎ》の葉《は》のような眉《まゆ》をゆがめた。

「ほんとに大丈夫なら、いいんですけど……あんまり1人で抱《かか》え込《こ》まないでくださいね」

最後にもう一度、僕の顔をじっとのぞき込んで、その女性社員は去っていった。

彼女の香水《こうすい》の残《のこ》り香《が》を鼻先に感じながら、ふぅ……と、ため息をつく。女性社員にヘンに思われてしまうくらいに、外見に出てしまっているのだ。いよいよ、なんとかしなければ。崩壊《ほうかい》へのカウントダウンは、きっともう始まっている。

今日こそ、社内の倫理委員会《りんりいいんかい》に申し出ようと決めて出社した僕は、ざわついた雰囲気《ふんいき》に迎《むか》えられて足を止めた。社員たちが落ち着かない様子で、こそこそと何かを言い合っている。そして、フロアの一角に、女性社員たちが集まっている。その中心で泣き顔になり、先輩《せんぱい》から背中をさすられている女性社員がいた。

あ、と思う。先日、給湯室で僕のことを気づかってくれた彼女だった。

「あの……何かあったんですか？」

近くにいた、1年先輩の男性社員に尋《たず》ねると、彼は、奥歯《おくば》に何かがはさまったような顔をした。それから声をひそめ、言いづらそうに口を開く。

「セクハラだよ。高山部長がやったみたいだ」

えっ、と口からこぼれそうになった声を、すんでのところで飲み込んだ。僕がパワハラを受けていた相手も、高山部長だったからだ。

それがさ……と、先輩が口もとに手《て》の甲《こう》を寄《よ》せて、息だけで僕に話しかけてくる。

「高山部長、女性社員を『業務命令』と言って飲みに誘《さそ》って、かなり強引なことをしてたみたいだ。あの女性社員が勇気を出して告発したらしいぜ」

パワハラに、セクハラ……。部長はまるで、ハラスメントが服を着て歩いているようなものじゃないか。

「高山部長のパワハラは有名だけど、『俺は、女性に対しては紳士《しんし》だ』とか言っときながら、ついにセクハラとはな」

「それで、部長は……」

質問ともとれない僕のつぶやきに、先輩は、「あぁ」と答えた。

「クビらしい。本人は、自分は無実だって言ってるみたいだけど、その酒の席での発言が録音されてたんだと。さすがに、そんな証拠《しょうこ》が出てきちゃあなぁ……」

当然だと言わんばかりに、先輩が目を閉《と》じる。「そうなんですか……」とつぶやきながら、僕は、体の横で拳《こぶし》をにぎりしめた。拳の中に生まれた熱は、勝利を勝ち取った快感に違《ちが》いなかった。

パワハラ部長がいなくなった会社は、驚《おどろ》くほど快適だった。出勤前の腹痛《ふくつう》もなくなり、体重も少しずつ戻《もど》ってきている。仕事にやり甲斐《がい》を感じることも増えた。どんな上司の下に就《つ》くかが、いかにモチベーションを左右するのか、僕は身をもって実感することになった。

これからは、平和な職場環境で仕事に打ち込める。そう思っていたとき、僕は、かすかな違《い》和《わ》感《かん》を覚えた。

会社の中でも外でも、監視《かんし》されている気がするのだ。デスクで仕事をしているとき。外へ同僚とランチに出たとき。外回りから戻《もど》って休憩《きゅうけい》しているとき。資料づくりに追われて残業しているとき……。

最初は気のせいかと思ったが、感じる視線は、日に日にねちっこく、体にまといついてくるようなものに変わっていった。もはや気のせいではあり得ない、と確信できるほどに。

それだけではない。やがて、会社を出てから家へ帰る途中《とちゅう》、背後《はいご》から誰かがつけてくるような気配《けはい》を感じるようになった。自意識過剰《じいしきかじょう》かもしれない。けれども、背中に近づく足音や、昼夜を問わず注がれる視線《しせん》はたしかに存在しており、どんどん僕の神経をすり減らしていった。

高山部長がクビになった直接の原因は「セクハラ」だったが、その調査の過程《かてい》で部長の「パワハラ」も問題視《もんだいし》されたらしく、僕も、倫理委員会から聴取《ちょうしゅ》を受けた。結果として、複数の問題が明らかになり、その積み重ねで部長はクビになったという。だとすると、パワハラを訴《うった》えた僕を、部長が逆《さか》うらみして、復讐《ふくしゅう》しようとしている可能性も考えられる。

怖《こわ》くないと言ったら、ウソになる。けれど、このままではいけない。得体《えたい》の知れない「何か」の正体を、突《つ》きとめなければならないと思った。


ある日、会社を出た僕は、いつものように駅へと向かった。すると案《あん》の定《じょう》、誰かが僕のあとをヒタヒタとついてくる気配がする。すぅっと息を吸《す》ってから、僕は思いきり走りだした。そして、角《かど》の居酒屋《いざかや》を曲がったところで、その居酒屋と隣《となり》の薬局の間にあった路地《ろじ》に滑《すべ》りこむ。塀《へい》と塀のすき間にたまっていた夜の闇《やみ》が、紺色《こんいろ》のスーツを着ていた僕を、あっさりと隠《かく》してくれた。

すっかり夜に紛《まぎ》れた僕の目の前を、街灯《がいとう》に照らされた細い人影《ひとかげ》が横切った。明らかに何かを探《さが》している様子で、きょろきょろとしながら。

間違《まちが》いない。僕のあとを何日も何日もつけまわしていたのは、コイツだ。

そう思ったとたん、僕の中にあった不安や恐怖《きょうふ》が怒《いか》りに変わる。パワハラ部長のときに、よくわかった。あの女性社員が告発したように、行動を起こさなければ、何も解決はしないのだ。

僕は、路地から躍《おど》り出《で》た。そこにいた人影の腕《うで》をガッとつかみ、とっつかまえたら投げつけてやろうと思っていた言葉は――結局、ひとつも出てこなかった。つかまえた瞬間《しゅんかん》にわかってしまった相手の体つきや力が、想像していた以上に弱々しかったからだ。

腕をつかまれた相手が、機械じかけの人形のような強張《こわば》った動きで、僕の顔を見上げる。僕より小柄《こがら》なその人物は――パワハラを受けて憔悴《しょうすい》していた僕を気づかってくれた、そして、僕にパワハラしていた部長からセクハラを受けたと告発した、あの女性社員だった。

「そんな。どうして、きみが……？」

見知った女性を前にしたことで、注意がゆるんだのかもしれない。彼女の腕をつかんでいた手から力が抜《ぬ》け――そのとたん、今度は彼女の手が僕の手を、はっしとつかんできた。

ぎょっと身をひいた僕の腕を絡《から》めとるように身を寄《よ》せて、彼女は、ぎらつく目を上げる。

「佐竹さん……やっと、わたしに気づいてくれましたね。わたしは佐竹さんのこと、ずっと前から見てたんですよ。だから、高山部長にパワハラされて、どんどんツラそうになってく佐竹さんのことも、ほっておけなくて」

「え？」

思わぬ展開《てんかい》に、どう答えるのが正解なのかが、わからなくなる。僕が黙《だま》っている間に、彼女のほうが口早《くちばや》に言葉を連《つら》ねた。意思をもってしゃべっているというよりは、言葉が勝手にあふれ出ているような感じだった。

「だからわたし、佐竹さんのこと助けたくて。何ができるのかなって考えたら、わたしが佐竹さんのために犠牲《ぎせい》になればいいんだって。だからわたし、高山部長を飲みに誘《さそ》って、罠《わな》にはめたんです。それで、セクハラされたって、会社に訴《うった》えました」

「なんで、そんな――」

「佐竹さんのために決まってるじゃないですかっ！」

大きく見開いた目であおるように見上げられ、背筋《せすじ》に冷たいものを感じる。

「わたし、佐竹さんのために、あの部長を追い出したんです。佐竹さんのことが、ずっと心配で……そうじゃなきゃ、いくらウソでも、セクハラされたなんて言えませんよ。まわりに知られたらどんな目で見られるか……。でも、佐竹さんのためならいいと思ったんです。結果的に、こうやって佐竹さんに気づいてもらえたから、満足です。わたし、佐竹さんのこと、ずっと好きでしたから……」

背筋を駆《か》け上《のぼ》る悪寒《おかん》が、ひどくなる。

彼女の髪《かみ》から、いつかと同じ香水が漂《ただよ》ってくる。胸を圧迫《あっぱく》する甘《あま》ったるさに、めまいを覚えた。きっとそれを少しも知らずに、彼女は笑う。幸せそうで、けれども毒々《どくどく》しい笑顔だった。

やっぱり会社を辞《や》めよう――僕は思った。


（作　桃戸ハル、橘つばさ）

理想の恋人

誰《だれ》かが帰りを待ってくれている家というのは、菜月《なつき》が思っていた以上に幸せな場所だった。

「ただいまー」

「おかえり、菜月！」

菜月がマンションの扉《とびら》を開《あ》けると、蓮《れん》は満面の笑顔《えがお》で迎《むか》えてくれる。最初は、こそばゆく感じたこのやりとりにも、今ではすっかり慣れた。

蓮は最高の恋人だ。くっきりした二重《ふたえ》まぶたも、高く通った鼻筋《はなすじ》も、笑ったときにのぞく白い八重歯《やえば》も、突《つ》き出《で》たノドボトケも、菜月の好みだった。おまけに、身長は菜月より20センチ近く高い。優《やさ》しくて、会話もそつがなくて、おまけに料理の腕《うで》はプロ級ときている。今も奥《おく》のキッチンからは、食欲《しょくよく》をそそる香《かお》りがただよっていた。

「今日はね、菜月の好きなマカロニグラタンにしたんだ。あと、うずらの卵《たまご》入りのピーマンの肉詰《にくづ》めと、エビとアボカドのサラダ。あ、野菜たっぷりのスープもできてるよ」

「作りすぎじゃない？」

「菜月に喜んでほしいなって、いろいろメニュー考えてたら、ついね」

恥《は》ずかしそうに笑う顔に、菜月の胸《むね》がきゅんとなる。いつも自分のことを一番に考えてくれて、まっすぐで、これで文句《もんく》なんて言ったらバチが当たる。そもそも蓮に文句なんてないのだが……。

「ん〜、おいしい」

蓮が腕をふるってくれた料理をワインと一緒《いっしょ》に口へ運び、菜月は舌鼓《したつづみ》を打った。本当に完璧《かんぺき》だ。料理も、蓮も。

「ほんとすごいなー。これ、何か隠《かく》し味《あじ》入れてる？　どうやって作るの？」

自分に作れるはずはないと思いながらも尋《たず》ねた菜月は、すぐに反応がなかったことに首を傾《かし》げた。いつもの蓮なら「これはね、これはね」と嬉々《きき》として語ってくれるところだ。見ると、蓮はグラタンをすくったスプーンを握《にぎ》ったまま、テーブルに視線《しせん》を落としていた。ぼうっと気の抜《ぬ》けたような表情で、不自然に固まっている。

「蓮？　どうしたの、蓮」

目の前で手を振《ふ》ってみたところで、ようやく蓮の顔に表情らしい表情が戻《もど》った。あえ、あ、うん？　と奇妙《きみょう》な声を出して、瞳《ひとみ》をようやく菜月に向ける。

「ごめん、なに？」

「なにってこともないけど……」

またた、と菜月は思った。

最近、蓮の様子がおかしい。今までは、自分のことだけを見つめてくれていたのに、今のように、話しかけても気づかなかったり、上《うわ》の空《そら》でいることが多くなった。それまでは、菜月が話しかけようものなら目を輝《かがや》かせて言葉を返してきたのに。

ほかの人なら気にもならない程度の変化だろう。しかし、相手が蓮だからこそ、その些細《ささい》な違いが大きな違和感を菜月に与《あた》えた。

「最近、ぼうっとしてること多くない？　大丈夫《だいじょうぶ》？」

「ああ、ごめん。平気、平気。ちょっと疲《つか》れてるのかな」

デザートのプリンを冷蔵庫《れいぞうこ》から出しながら、蓮が苦笑《くしょう》する。

疲れてる？　蓮が？　どうして？　体にムリがかかるようなことを、何かしただろうか。

腑《ふ》に落ちない感覚を覚えながら、菜月は蓮がデザートを運んできてくれるのを待った。一日の最後に出された一皿は、プロにも負けない味だった。こんなスイーツを自宅《じたく》で食べられる自分は、なんて幸せなんだろう。甘《あま》さと、カラメルのほろ苦《にが》さが絶妙《ぜつみょう》なプリンを味わいながら、菜月は頬《ほお》をゆるめた。

食べ終わったあとは、２人で片《かた》づけをするのがルールだ。料理は任《まか》せっきりにしている分、片づけくらいは自分がやる、と一緒《いっしょ》に暮《く》らし始めて最初のころ菜月は申し出たのだが、「菜月だけに任せて、おれが休んでるなんてできないよ」と、爽《さわ》やかな笑顔で一蹴《いっしゅう》されてしまった。だったら一緒にやろう、という話に落ち着いた結果である。

蓮が皿を洗《あら》い、菜月がそれを受け取って水気をふきとる。ささやかな共同作業ではあるが、それも一緒に暮らす楽しみだよね、などと浮《う》かれたことを菜月が考えていると、あー、ととがめるような声が横から上がった。

「だめだよ、菜月。ワイングラスはもっときれいにふかないと」

「え、別にいいじゃん。あとは、ほっとけば乾《かわ》くよ」

「だーめ。水あかがついて、くすんじゃうんだから」

そう言うと蓮は、菜月の手からグラスとクロスを取り上げて、丁寧《ていねい》にグラスをふき始める。

「菜月は、こういうとこ大雑把《おおざっぱ》だよね」

「蓮は細かすぎるのよ。あんまりあれこれ気にしすぎると、老《ふ》けちゃっても知らないから」

むっとして菜月が言い返すと、蓮の手がぴくりと止まった。

「なにそれ!?」

その一言で、ピンと空気が張りつめたように菜月は感じた。

「おれは菜月が喜ぶかなと思って、いろいろ考えてるのに。おれのやってること、迷惑《めいわく》だった？　だから遠回しにそうやっておれのこと、けなすの？　おれは菜月のことしか考えてないのに」

「ち、違《ちが》──」

菜月の言葉をさえぎって、鈍《にぶ》い音が響《ひび》いた。蓮が2つのワイングラスを乱暴《らんぼう》にシンクに置いたのだ。そのまま蓮は、「シャワー浴びてくる」と菜月に背《せ》を向ける。恋人《こいびと》の香《かお》りが遠ざかったあと、菜月がワイングラスをおそるおそる手に取ってみると、薄《うす》い縁《ふち》にわずかなヒビが入っていた。

本当に、些細《ささい》なヒビだった。ひょっとしたら見過ごしていたかもしれないくらいの、本当に小さなヒビだった。

けれど、一度でもヒビが入ったものは、少しのことで壊《こわ》れやすくなるのだろう。

話しかけても反応がなかったり、表情が薄《うす》くなったり、視線《しせん》が合わなかったり。以前は気にもしなかったような小さなことで怒《おこ》ったり、ふいに背中《せなか》を向けたり。

デートの約束をすっぽかされたこともあった。いつもなら「女の子を待たせるようなことできないからね」と必ず先に着いているのに、そのときは1時間過ぎても蓮が来なくて、電話をかけたら「忘《わす》れてた」の一言《ひとこと》だった。

蓮の気持ちは、ここではないどこかに向いているのかもしれない。つまり、わたしではない誰《だれ》かに……。菜月はそんなことを思うようになっていた。自分は今も蓮が大好きなのに。蓮がどこかに行ってしまうなんて考えられないくらい、ずっと一緒にいたいと思っているのに。

「結衣《ゆい》に、相談してみようかな……」

結衣は翌日《よくじつ》の夜、会社帰りなのかスーツ姿《すがた》でやってきた。不動産会社に勤《つと》めている結衣は、菜月の高校時代からの親友だ。菜月が蓮と暮《く》らしているこの部屋も、じつは結衣に紹介《しょうかい》してもらったものである。

「それで、蓮くんがどうしたって？」

スーツの上着を脱《ぬ》ぎながら、結衣は早速《さっそく》、本題に斬《き》り込《こ》んだ。蓮には「シャンプーが切れたから買ってきて」と言って外に出してある。鋭《するど》い蓮のことだから、来客を察《さっ》して適当に時間を潰《つぶ》してきてくれるだろう。そういう気配《きくば》りができるところも大好きなのに、大好きと思えば思うほど今の菜月は不安になる。

「蓮が、なんか前よりわたしに興味ないみたいっていうか……心ここにあらずってことが増えて、怒りっぽくなったような気もするし、デートの約束も忘れてたんだよ？　わたしより大事なものができたのかなって、思っちゃって……」

「つまり、浮気《うわき》してるんじゃないかってこと？」

菜月がせっかく包んだオブラートを、結衣はあっさり引っぺがした。明確な言葉で聞いてしまうと、改めてその重さに菜月の気持ちはくしゃりとしぼむ。しかし、結衣は顔の前に立てた手を激《はげ》しく横に振《ふ》った。

「ないない、あり得ないって！　蓮くんのことは、ある意味、あなたより知ってるから」

「それはそうだけど……」

いくら結衣が否定《ひてい》してくれても、自分の直感を否定することはできない。自分はとことん蓮に夢中《むちゅう》になっているんだな、と思い知らされるばかりである。これまでロクに恋愛《れんあい》をしてこなかったから、よけいなのかもしれない。

「わかった。そんなに心配なら、私が確《たし》かめてみる」

「ほんとに？」

「まぁ、彼を菜月に紹介したのも、私だしね。菜月には幸せになってもらいたいから」

そう約束して、結衣はお茶を飲んだあと帰っていった。ビジネスウーマンの雰囲気《ふんいき》をまとった背中《せなか》を、菜月はすがるような思いで見送る。もしものことがあったら、菜月が頼《たよ》れるのは、結衣だけなのだ。


蓮が帰ってこなくなって、3日が経った。蓮が家を空《あ》けたことなど、一緒に暮らし始めて一度もない。初めての経験に、菜月の想像はどんどん悪い方向へ速度を増して転がってゆく。

まさか、本当に浮気？　それとも、事故に巻《ま》き込《こ》まれた？　蓮が病院や警《けい》察《さつ》に連れていかれでもしたら――

ガチャリ、と玄関のドアの開く音が、そのとき驚《おどろ》くほど大きく菜月の耳に届《とど》いた。

飛び出していくと、そこには蓮がとろけるような笑顔で立っていた。

「蓮！」

「ただいま、菜月。ごめんね。心配かけたよね」

言うなり蓮は、菜月を正面から抱《だ》き締《し》めた。蓮の腕のなかで、菜月は全身に蓮を感じて息をつく。それに合わせて背中を叩《たた》いてくれる手の平が、どうしようもなく愛《いと》しい。

よかった。帰ってきてくれた。前と変わらない優しい蓮だ。自分のところに戻《もど》ってきてくれたのなら、もう、この3日間のことはどうでもいい。

「心配かけたお詫《わ》びに、なんかおいしいもの作るよ」

菜月の髪《かみ》を長い指ですいて、蓮はキッチンに向かった。冷蔵庫からありものの食材を出し、慣れた手つきで調理を始める。その幸せな光景を見つめながら、菜月は結衣に電話をかけた。

お礼をしなくてはいけない。「私が確かめてみる」と言っていた結衣が、きっと何かしてくれたのだろうから。

「……あ、結衣？　ありがとうー！　今ね、蓮が帰ってきて――」

電話口に出た結衣に菜月がお礼を伝えていた、そのとき。

キッチンのほうで激《はげ》しい物音が上がり、菜月がキッチンに行ってみると――そこに、蓮が倒《たお》れていた。

「蓮っ！」

ほとんど悲鳴に近い声を上げ、菜月はキッチンに駆《か》け込《こ》んだ。蓮はうつ伏《ぶ》せに倒《たお》れたまま、ぴくりとも動かない。大柄《おおがら》な体は菜月ひとりでは仰向《あおむ》けに返すこともできず、ただただ体を揺《ゆ》さぶりながら蓮の名前を呼《よ》ぶことしかできなかった。

『菜月！　菜月、どうしたの⁉』

握《にぎ》り締《し》めたままだった携帯電話から結衣の声が聞こえてきて、我《われ》に返る。

「わ、わかんないっ……！　蓮が、料理してて、急に倒れて……っ」

電話に向かって訴《うった》える菜月の声は、すでに涙《なみだ》で震《ふる》えている。「すぐ行く」という短い言葉を最後に、電話は相手から切れた。

それから30分としないうちに、結衣が部屋に飛び込んできた。これ以上ない泣き顔の菜月を見て、それから倒れたままの蓮に鋭《するど》い目を向ける。かたわらに膝《ひざ》をついた結衣は蓮の様子を近くで見てから、ため息まじりに呟《つぶや》いた。

「だめだわ……」

「だめって、なに……やだ、やだ結衣、やだ……!」

子どものように、菜月は結衣に両手でしがみついていた。

「落ち着いて、菜月。とにかく、しかるべき処置《しょち》をしないと」

菜月をなだめながら、結衣はその手に携帯電話を握《にぎ》っていた。結衣が誰《だれ》に連絡《れんらく》をとっているのか、何を話しているのか、混乱する菜月の耳には入ってこない。

蓮、蓮。お願いだから目を開けて。帰ってきて。蓮……!

蓮の手を握《にぎ》り締《し》め、菜月が必死に祈《いの》りを注いでいると、玄関の扉《とびら》がまた音を立てた。入ってきたのは数名の男たちである。救急隊員ではない。それは菜月にもすぐにわかった。男たちは一様に、灰色《はいいろ》の作業着姿《すがた》だったからである。

「対象は、これですか?」

男たちのうちのひとりが、冷《さ》めたまなざしを床《ゆか》に向けた。正確には、床に倒れたままの蓮に。

「ええ」

うなずいた結衣が、そっと菜月の肩《かた》に手を添《そ》える。きっとこれは何かの前兆《ぜんちょう》だと菜月が漠然《ばくぜん》と感じた直後。

「会社に引きあげて、廃棄処分《はいきしょぶん》してください」

殴《なぐ》られたような衝撃《しょうげき》が菜月を襲《おそ》う。結衣の手がなかったら、その場に崩《くず》れていただろう。

わかりました、と短くつぶやいた男たちが蓮を担《かつ》ぎ上《あ》げ、部屋の外へと運んでゆく。蓮……という菜月のささやきに、いつもなら即座《そくざ》に反応して最高の笑顔を返してくれた蓮は、今はピクリとも反応を示さない。運び出されてゆく恋人を見送りながら、菜月は立ち上がることもできないまま手の平で顔をおおった。

「ごめん、菜月……。直ったと思ったんだけど、やっぱり欠陥品《けっかんひん》だったみたい」

結衣の言葉で、ようやく菜月は顔を上げる。涙にぬれてはいたが、親友を見つめる菜月の顔には、射《い》るような凄《すご》みがあった。結衣の袖《そで》を握《にぎ》る手にも、ぎりりと力がこもる。

「それじゃ……契約《けいやく》は、どうなるの!?　蓮は返してもらえるの!?」

菜月の必死の言葉を受けて、結衣は笑った。それは、親友を安心させるためのものというより、完璧《かんぺき》なビジネスウーマンとしての、完璧な営業スマイルに見えた。

「大丈夫。蓮くんより、もっと性能のいい最新モデルを用意するわ。改良に改良を重ねて、髪や肌《はだ》なんて本物の人間と、ぜんぜん区別つかないわよ。もちろん、廃棄《はいき》や交換《こうかん》の費用《ひよう》はいらないわ」

「ほんとうに？」

「ええ。『理想の恋人』がついてこそ、我《わ》が社の提供《ていきょう》する究極《きゅうきょく》の物件なんだから」

泣いていた菜月が顔を上げる。涙《なみだ》はすでに乾《かわ》き始《はじ》めていた。

「性能のいい……最新モデル……」

結衣の言葉を繰り返す菜月の頭に、とろりとした笑みが浮かぶ。

これまで以上に楽しく華《はな》やかな生活を思い浮かべて、菜月は静かに笑った。

（作　橘つばさ）

ひな飾《かざ》り

未知子叔母《みちこおば》さんはママの妹だ。有名な商社に勤《つと》めていて、四六時中《しろくじじゅう》海外を飛び回っているらしい。気が強くて、誰《だれ》にでも遠慮《えんりょ》なく自分の意見を言うような性格だが、独身で子どもがいないせいか、わたしにだけはめっぽう甘《あま》い。勉強は丁寧《ていねい》に教えてくれるし、おねだりすれば、ほとんどのものはパパやママに内緒《ないしょ》で買ってくれる。時々わたしは考える。なんで叔母さんは結《けっ》婚《こん》しないいんだろう。いい結婚相手がいないいんだろうか。あんなに頭がよくて、とびきり優《やさ》しくて魅力的《みりょくてき》な人なのに。

今年のお盆《ぼん》は、わたしとわたしのママ、それに叔母さんの3人で、田舎《いなか》のおばあちゃん家《ち》（つまりママと叔母さんの実家）に行くことになった。叔母さんが、わたしたちと一緒《いっしょ》におばあちゃん家に帰るなんて珍《めずら》しい。「どうして？」と聞いたら、今年はひいおじいちゃんの13回忌《き》にあたり、家族で法事《ほうじ》をするからだとママが教えてくれた。

叔母さんから海外の話を聞きたいな。一緒《いっしょ》にゲームにもつきあってもらおう。田舎で過ごす少し退屈《たいくつ》な時間に、叔母さんが刺激《しげき》をくれる気がして、わたしはむしろワクワクしていた。


ひいおじいちゃんの法事がしめやかに終わり、大人たちは食事の準備をするというので、その間、わたしはおばあちゃん家の2階を探検《たんけん》に出かけた。こっちはママが使っていた部屋で、あっちが叔母さんが使っていた部屋だそうだ。

叔母さんが使っていた部屋のドアを開けた瞬間《しゅんかん》、棚《たな》に並《なら》んだものすごい数の本にまず驚《おどろ》いた。叔母さんはたくさんの本を読み、勉強して、自分の人生を切《き》り拓《ひら》いていったのだろう。部屋に足を踏《ふ》み入《い》れ、ゆっくりと部屋を見回す。

「可愛《かわい》い！」

思わずわたしは叫んでしまった。ドア脇《わき》の本棚《ほんだな》の上に、おひなさまとお内裏《だいり》さまが仲よく並《なら》んで微笑《ほほえ》んでいたのだ。今までに見たことのない、現代的でファッショナブルなひな飾りだ。しげしげと眺《なが》めていると、

「あんず〜、ご飯よ」

と階下から声がかかった。


階段《かいだん》を降《お》りてお座敷《ざしき》に行くと、ささやかな宴会《えんかい》が始まっていた。

「いい加減、結婚して子どもを産んで、お父さんとお母さんを安心させてよ」

「なに言ってるの。結婚は、お父さんとお母さんを安心させるためにするものじゃないでしょ。したいからするものでしょ？　孫の顔が見たいって言うなら、あんずみたいな可愛い孫の顔が見られたんだから、もう思い残すことはないでしょ？」

「思い残すって、何!?　わたしは、あなたが結婚するまでは死なないわよ！」

「じゃあ、わたし、お母さんに死なれたら困《こま》るから、ずっと結婚しません——」

おばあちゃんと叔母さんが言い合いをしている。どうやら叔母さんの結婚ネタらしい。

「ま、結婚なんてもんは、人それぞれタイミングがあるもんだろうし、俺も未知子がまだこの家の娘《むすめ》でいてくれるのは嬉《うれ》しいし…」

叔母さんに助《たす》け舟《ぶね》を出したおじいちゃんに、おばあちゃんが食ってかかる。

「甘いことばっかりで、わがまま放題に育てたから、この娘《こ》はこうなっちゃったのよ！」

「こうなっちゃったとは何よ！　結婚だけが幸せだと思ってるなんて、お母さんって本当にかわいそう！」

なんだかみんなの言い合いがだんだんシリアスになってきたので、話をそらそうとしてわたしは言った。

「叔母さん、叔母さんの部屋のひな飾《かざ》り、すごい可愛いね」

「ひな飾り？　ああ、あれね、昔、お父さんが作ってくれた……えっ？　でも、なんであたしのひな飾りのこと知ってるの？　写真でも見た？」

「え？　叔母さんのお部屋に飾ってあるよ」

「飾ってあるって……ひな飾りが？」

「そう。飾ってあるよ。おひなさまとお内裏さま」

わたしがそう言うのを聞いた瞬間《しゅんかん》、叔母さんはニヤリと笑い、勝利を確信したかのような口《く》調《ちょう》で言った。

「お母様、ひな飾りがまだ片《かた》づけられてないんですって。だからあたしも片づかないんじゃなくって」

意味がわからず、わたしはポカンとする。隣《となり》にいたママが小声でわたしに耳打ちをする。

「あのね、ひな飾りは3月3日の桃《もも》の節句《せっく》を過ぎたら、できるだけ早く片づけなきゃいけないって言われてるの。そうしないと、その家の女の子はお嫁《よめ》に行けないって言われてるの」

「……まずいじゃん。もう8月だよ……」

叔母さんは、追撃《ついげき》の手をゆるめない。

「むしろわたし、被害者《ひがいしゃ》だったんだ。結婚したかったのに……しくしく」

見えすいた小芝居《こしばい》を前に、おじいちゃんとおばあちゃんは、とても困《こま》った顔で顔を見合わせ、黙《だま》ったままだ。

叔母さんは、とどめを刺《さ》しにいく。

「ははん、わかった。お父さん、実はあたしに嫁になんて行ってほしくないんでしょ。いつまでもこの家の娘のままでいてほしいって言ったわね。だから片づけないんだ。ふーん」

「ち、違う。今年はたまたま……は、早く出しただけだ。嫁には行ってほしくないけど、行ってほしいとも思ってる」

「意味がわからない。お母さん、いったいいつから出しっぱなしなの？」

おばあちゃんがしどろもどろで答える。

「い、いつからかしら？　いつだったか、お父さんと話してて、どうせ毎年出さなきゃなんないのに、なんで毎年片づけなきゃいけないんだ、って話になったのよ」

ふうっと、叔母さんは大げさにため息をつく。

「片づけたくない父親と片づけられない母親の娘が、うまく片づくはずがないじゃない」

申《もう》し訳《わけ》なさそうな顔をしているおじいちゃんとおばあちゃんに、叔母さんが優しくさとすように言った。

「ちょっとでも責任を感じてるなら、2度とあたしの前で結婚の話題は出さないでね」

叔母さんは、悠然《ゆうぜん》と微笑《ほほえ》んだ。


その夜、わたしはママと、2階のかつてのママの部屋で寝ることになった。

「そういえば、ママの部屋にはおひなさま、ないんだね。ママのおひなさまはなかったの？

それともママのはちゃんと片づけたのかな？」

何気《なにげ》ないわたしの言葉に、ママは少しドキッとしたようだ。

「ママも、未知子と同じのを持ってるわ」

「どこにあるの？」

「東京の家。たしか、あんずのために持って行ったの」

「え？　わたしたちの東京の家にあるの？　でも、わたし見たことないよ？」

「そういえば、出したことがなかったわね。今まで忘《わす》れていたわ」

わたしは思わず絶句する。

「出したことがないって……。その場合は、結婚はどうなるの！」

わたしはため息をつく。どうやらわたしの結婚には早くも暗雲《あんうん》が立ち込めているようだ。


（作　ハルノユウキ）

誕生《たんじょう》

「こんなものか？　貴様《きさま》の力は？」

鬼《おに》ヶ島《がしま》にたどり着いた桃太郎《ももたろう》一行《いっこう》は、そこの主《ぬし》である、赤鬼《あかおに》と激《はげ》しい戦《たたか》いを繰《く》り広げていた。

「貴様ごときが、俺様《おれさま》に勝てるわけないだろう！」

「桃太郎さん！」

犬、猿《さる》、キジが駆《か》け寄《よ》る。仲間の声が桃太郎に力を与える。

大きな太い腕《うで》を振《ふ》り回してきた赤鬼の一撃《いちげき》を、桃太郎は受け止めた。

「…赤鬼よ、ここまでだ！」

桃太郎はそう言うと赤鬼を弾《はじ》き飛ばし、渾身《こんしん》の力で殴《なぐ》り飛ばした。

たまらずに赤鬼は膝《ひざ》をついた。

「今だ！」

桃太郎の号令《ごうれい》で犬、猿、キジが鮮《あざ》やかな連続攻撃《こうげき》を繰《く》り出《だ》し、最後に桃太郎がトドメの一撃《いちげき》を撃《う》ち込《こ》んだ。

「ぐはっ…なるほど…こういうことだったのか…」

そうつぶやくと赤鬼の巨大な体は、力なく無機物《むきぶつ》のように地面に倒《たお》れていった。桃太郎が赤鬼を退治《たいじ》した瞬間《しゅんかん》であった。

桃太郎一行は、すぐさま日本昔話委員会《むかしばなしいいんかい》に連絡《れんらく》を入れた。日本昔話委員会とは、「昔話の世界」で悪さをした罪人《ざいにん》たちを裁《さば》く機関である。花咲《はなさ》か爺《じい》さんの隣家《りんか》に住んでいた意地悪《いじわる》じいさん、金太郎《きんたろう》に退治された大江山《おおえやま》の鬼など、様々《さまざま》な悪者《わるもの》がそこに収容《しゅうよう》されている。

「ご苦労《くろう》様でした！」

桃太郎にそう言うと、日本昔話委員会は赤鬼を連行していった。桃太郎は、おじいさんとおばあさんが待《ま》つ村へ凱旋《がいせん》を果たした。桃太郎が鬼ヶ島の赤鬼を退治したという噂《うわさ》は、一夜にして村中に広がった。次の日、家の周《まわ》りには、大活躍《だいかつやく》した桃太郎を一目見ようと沢山の人々がやってきた。大歓声《だいかんせい》に包《つつ》まれ、照《て》れ笑《わら》いを浮《う》かべながらも深々と頭を下げ、それに応《こた》えている桃太郎に、おじいさんとおばあさんは鼻高々《はなたかだか》だった。

「桃太郎は自慢《じまん》の息子じゃ！」

赤鬼に散々《さんざん》苦しめられてきた村人は、赤鬼を退治した桃太郎を、「英雄《えいゆう》」としてもてはやした。

「桃太郎さん、どうぞこのお米を食べてください！」

「桃太郎さん、どうぞこのお魚を食べてください!!」

ついには、

「桃太郎さん、うちの娘を嫁《よめ》にもらってください！」

という村人も出てきた。

初めのうちは、どこか居心地《いごこち》が悪かった桃太郎も、それが毎日続き、1年、2年と経《た》つと、いつしかそれがふつうのこととなり、5年経った頃《ころ》には、それだけでは物足《ものた》りなく感じるようになっていた。おじいさんとおばあさんは、だんだんと横柄《おうへい》になってゆく桃太郎を心配して、事あるごとに口を酸《す》っぱくして注意した。

「桃太郎や、物をくださった相手に感謝《かんしゃ》しなさい」

「何ですか、その態度《たいど》は。もう少し謙虚《けんきょ》になりなさい」

桃太郎は、おじいさんとおばあさんに注意されるたびに、イラ立ちを感じはじめていた。村の英雄に向かって、何を言っているんだ。あんたらも俺《おれ》のことを自慢《じまん》して、優越感《ゆうえつかん》に浸《ひた》っていたじゃないか。俺がいなければ、あんたら年寄《としよ》りは暮《く》らしていけないだろう。あんたらこそ、俺に感謝していないじゃないか。偉《えら》いのはあんたらじゃない、俺なんだ。

そう思いながらも、自分を育て、そしてきびだんごを持たせてくれた2人には、面《めん》と向かって反抗《はんこう》することができなかった。2人の真《ま》っ直《す》ぐな目と心が、桃太郎には痛《いた》かったのだ。

だが、その後、さらに何年かが経ち、注意し続けてくれていたおじいさんとおばあさんがこの世を去った。さぞ悲しみに暮《く》れているだろうと、桃太郎を心配して犬、猿、キジたちが桃太郎のもとに集まったが、そこにいたのはかつてともに鬼を退治した桃太郎ではなかった。

「やっと口うるさいジジイとババアが死んだ…これで俺は自由だ!」

そう言って、桃太郎は歪《ゆが》んだ笑《え》みを浮《う》かべた。それを聞いた犬、猿、キジは桃太郎を責《せ》めた。

「桃太郎さん、なんてこと言うんだ!」

「そうだ! 信じらないぜ!」

「育ての親が亡《な》くなったというのに、その言い方は何? ひどすぎるわ!」

しかし桃太郎は聞く耳を持たず怒《いか》りに身《み》を任《まか》せ、感情を高ぶらせた。

「生意気《なまいき》な口をきくな！　俺は英雄なんだぞ！」

そういうと、犬を踏《ふ》みつぶし、猿の首をへし折り、キジの羽《はね》をもいで川に流してしまった。

一瞬《いっしゅん》のできごとだった。キジが完全に川に沈《しず》んだことを確認《かくにん》すると、桃太郎は高らかに笑《わら》った。

「ふははは、英雄に文句《もんく》をつけるから、こういうことになるんだ」

昔の仲間たちの返り血を浴びた桃太郎の目の奥《おく》に、青白い炎《ほのお》が灯《とも》った。

一方、その頃、日本昔話委員会の建物《たてもの》の地下深くで、独房《どくぼう》の重い大きな扉《とびら》がゆっくりと開かれた。そこに収容《しゅうよう》されていたのは、その昔、桃太郎に退治された鬼ヶ島の赤鬼だった。すっかり反省して心を入《い》れ替《か》え、模範囚《もはんしゅう》となっていた赤鬼に、委員会はこんな提案《ていあん》をした。

「人間に生まれ変わってみないか？」

赤鬼はとまどった。

「私が人間に？　そんな……そんなことができるのですか？　それに、そんなことが許されるのでしょうか？」

赤鬼の質問を無視して日本昔話委員会は、さらに続けた。

「ただし、条件がある。お前はすべてをやり直さなくてはいけない――」

提示された条件はこうだ。

人間に生まれ変わるには、一から、つまり生まれたばかりの赤子となって新たな人生を歩んでいくというものだった。

「今までお前は、赤鬼として生きてきた。その立派《りっぱ》な角《つの》も、太い腕《うで》も、今まで得た知識、そして積み重ねた時間、すべてを捨《す》てなくてはならない。記憶《きおく》も何もかも。残るのはお前の魂《たましい》のみ。この意味、わかるか？　その覚悟《かくご》が、お前にあるか？」

赤鬼は空を仰《あお》ぎ、そして目をつむった。

「この私が人間に……」

委員会は続けた。

「鬼から人へ転生《てんせい》することは、容易《ようい》な事ではない。本来は虫ケラから転生をはじめるのがふつうだから、異例《いれい》なことと言えよう。だから完全に上手《うま》くいくとは限らないし、時間もどれほどかかるか分からない。それでも、この試練《しれん》に飛び込む勇気が、お前にはあるか？」

赤鬼は目を開き、真っ直ぐに前を見すえて、胸《むね》を張《は》った。

「断る理由は何一つありません。どうぞ、よろしくお願《ねが》いします。」

その瞬間《しゅんかん》、あたりを温かい光が包《つつ》み込《こ》んだ。意識が遠くなる——

でもそれは、決して悪いものではなく、眠《ねむ》りに落ちる直前のような心地《ここち》よいそれであった。

薄《うす》れていく意識の中、頭の中に声が響《ひび》いてきた。

「生まれ変わったら正しく生きなさい。そして困《こま》っている人がいたら助けてあげるのです……」


桃太郎の鬼退治から10年以上が経った。あまりにもたくさんの感謝とお礼の品をもらいすぎた桃太郎は、すっかり傲慢《ごうまん》になっていた。もらったもの——なかには、強引に奪《うば》い取《と》ったようなものもあった——が多くなりすぎて、置《お》き場《ば》に困った桃太郎は、住んでいた村のそばの島に自らの新しい村、「桃太郎村」を作った。そこでの桃太郎は、さらに横暴《おうぼう》になっていた。

「俺は村を救った英雄だぞ！　さぁ俺に…いや、俺様に感謝しろ！」

「桃太郎様と呼べ！」

「この料理は口に合わない！」

「酒だ！　酒を持ってこい！」

そして、ついには、１年に１度、村でいちばんの美女を桃太郎の元へ差《さ》し出《だ》さなくてはならなくなっていた。

「とんだ英雄様だ……」

みんな困《こま》り果《は》てていた。そして村人たちは１人、また１人と夜逃《よに》げし、村からいなくなっていった。

しかし、そのことに不満をもった桃太郎は、逃げて行った村人たちを追いかけ、そして追《お》い詰《つ》めるようになっていた。

「もう差し上げられるものはありません、どうかお許しを……」

「なんだと！　俺様を誰だと思っているんだ！　貴様らを赤鬼から助けてやった英雄様だぞ！　手ぶらで帰れと言うのか？　感謝のしるしはどうした！」

「ひぇぇ～、英雄様、どうかお許しを……」

その時、村人の後ろで震《ふる》えている若い娘を見つけた。

「ほぅ…これは上玉《じょうだま》だ…」

桃太郎は、薄汚《うすぎたな》い笑《え》みを浮かべた。

「まぁいい、今日はこの女をもらっていくぞ！」

「この娘《こ》だけは、この娘だけはご勘弁《かんべん》を！」

「だまれっ！　この英雄様に歯向《はむ》かうことは許さん！　命《いのち》が惜《お》しくば、下がっておれ！」

毎年差し出されていた美女も、いつしか自らがさらいにいくようになっていた。その昔、村人を助け、彼らが英雄様と崇《あが》めていた男は、いつしか、厄病神《やくびょうがみ》となっていた。


「おぎゃー、おぎゃー」

あたりを包《つつ》んでいた光が消えるとそこには元気に泣く赤子が横たわっていた。もともと赤鬼だった魂《たましい》は、人間として新たな生《せい》を受けたのだ。

「成功しましたね。これまでの実証実験の結果、生まれかわった赤子を正しく育て、導《みちび》いてもらうには、より人生経験を積《つ》んだ老夫婦に預《あず》けるのがいちばん、という結果が出ています」

その赤子は、日本昔話委員会により、お金持ちではないが、心温かく、勤勉で働き者の、おじいさんとおばあさんの元へ送られることとなった。船に乗せられ、川を下ってゆくとそこには洗濯《せんたく》をしているおばあさんがいた。おばあさんは目をまん丸《まる》くして驚《おどろ》いている。

「まぁ〜、大きな桃《もも》が流れてきたわい」

その船は、桃の形をしていた。


その頃には、昔の桃太郎を知っている者は、もういなくなっていた。

四六時中酒浸《さけびた》りで、真っ赤な顔をしているその傍若無人《ぼうじゃくぶじん》な男は、いつしか周りから恐怖《きょうふ》と侮《ぶ》蔑《べつ》の気持ちを込めて「赤鬼」と呼ばれるようになり、「赤鬼」が住んでいる島は鬼ヶ島と呼ばれるようになっていた。


（作　難波一宏）

セモニノ銀山

ペンシルベニアの農村に、生真面目《きまじめ》な父親と、その息子が住んでいた。

父親は農業を営《いとな》んでいた。毎日毎日、汗《あせ》だくになって畑を耕《たがや》し、泥《どろ》にまみれた。生活は、決して楽ではなかったが、一人息子には幼《おさな》いころからこう言って聞かせていた。

「息子よ、楽をして金を稼《かせ》ごうなんて思うんじゃないぞ。楽をして稼いだ金は、汚いお金だ。決して身につかない。真面目に働くことが大切なんだ」

しかし息子は、父親の言うことを真に受けてはいなかった。ある日、成人した息子は、父親にこう言い返した。

「僕は、父さんのような生き方はしたくないよ。どんなやり方で稼いだって、お金はお金だ。お金には、きれいも汚いもないよ。楽して生きられるなら、そのほうがいいじゃないか」

父親は激昂《げっこう》した。

「そんな考えをどこで覚えたんだ。いいだろう、俺と違《ちが》う生き方をしたいなら、勝手にするがいい。お前はもう息子じゃない。この家から、とっとと出て行け」

結局、息子は家を出ることになった。しかし、言葉とは裏腹《うらはら》に、男は息子の事が心配でならなかった。息子が家を出て行く前夜、父親は息子のカバンに、コツコツと貯金《ちょきん》していたうちの半分の金をつめ込んだ。出発の朝、カバンの中の金に気づいて、息子は言った。

「父さん、これは、父さんが一生懸命《いっしょうけんめい》働いて稼いだお金じゃないか。僕がもらうわけにはいかない」

父親はそっぽを向き、ぶっきらぼうに言った。

「そんな金は知らねぇ。とっとと出ていっちまえ、このバカ息子め」

「父さん……」

父親の不器用《ぶきよう》なやさしさに触《ふ》れて、目に涙《なみだ》を浮《う》かべながら、息子は家を出ていった。

息子のいなくなった家で、父親はしばらく途方《とほう》にくれた。むなしさも感じていた。息子に農家を継《つ》いでもらいたくて、一生懸命に働いてきた。しかし、そんなささやかな夢《ゆめ》も、断《た》たれてしまった。

心には、息子の言葉が突《つ》き刺《さ》さっていた。

――どんなやり方で稼いでも、お金はお金。

たしかに、そうなのかもしれない。

それから、数年がたった。あいかわらずむなしさを抱《かか》えながら生きていた父親のもとに、一人のセールスマンが訪《たず》ねてきた。セールスマンは言った。

「今日は、いい投資話を持ってまいりました。セモニノ銀山をご存《ぞん》じですか？　最近発見された銀山で、純度《じゅんど》の高い銀が採掘《さいくつ》されるんですよ。ただ、その銀山の開発にはお金がかかります。その開発費の一部を負担《ふたん》してもらえれば、銀の採掘《さいくつ》で得た利益の一部を還元《かんげん》しましょう。もちろん、お金は何倍にもなって返ってきます。どうです、投資しませんか？」

今までなら、そんな話など、すぐに一蹴《いっしゅう》したところだった。でも、心にはまだ、息子の言葉があった。楽することは、悪いことなのか？　息子の言うことも間違いではない気がした。

「分かった、いくらだ」

セールスマンは、金額《きんがく》を提示《ていじ》した。その額は、父親が残しておいた貯金の額とちょうど同じくらいだった。父親は貯金を使って、銀山の開発に出資《しゅっし》した。

それからまた数年がたった。セールスマンからは何の音沙汰《おとさた》もなかった。父親は以前にもまして貧乏《びんぼう》をしながら、畑仕事に精《せい》を出していた。

そんなある日のことだった。クワを握《にぎ》って畑を耕《たがや》していた父親は、畑の向こうから、懐《なつ》かしい声を聞いた。

「父さーん！」

息子だった。父親はクワを畑に投《な》げ捨《す》て、息子に駆《か》け寄《よ》った。抱《だ》きしめようとして、やめた。息子は、このあたりでは見かけないような、パリッとしたスーツを着ていた。泥《どろ》だらけの服で息子の服を汚《よご》すわけにはいかない。抱きしめるかわりに、父親は息子の手を握《にぎ》った。

「よく帰って来た、息子よ！　さあ、家に上がりなさい」

その夜、父親は息子と酒をくみ交《か》わした。懐《なつ》かしい話に花を咲《さ》かせた。ただ、セールスマンの投資に乗った話はしなかった。息子の前では、かつての生真面目《きまじめ》な父親でいたかった。やがて、息子は自分の商売の話をはじめた。

「いやぁ、父さん、チャンスは、自分で作るものだね」

「そうか、父さんにはよくわからんがな」

「そりゃそうさ、父さんは真面目だもの。僕がこの家を出た日、父さんは僕のカバンに、お金を入れてくれただろう」

「そんなこと、あったか?」

「あのときも父さんは、『そんな金、知らねぇ』って言ってたね。僕は心に誓《ちか》ったんだ。『これは、父さんが一生懸命に稼《かせ》いだお金だ。絶対《ぜったい》に無駄《むだ》にはしないぞ』ってね」

「ふん、いじらしいもんだ」

と言いながら、男はすんすんと鼻をすすった。息子の思いに感動して、こらえた涙が鼻の中を通って、今にも流れだしてきそうだった。息子は続けた。

「で、あれこれ考えた末、僕はお父さんのお金で、鉱山《こうざん》を買ったんだ」

「ほう、鉱山開発か。ワシも聞いたことがあるぞ。儲《もう》かるらしいな」

「うん、儲かった。その山は、ほんとうに何の取《と》り柄《え》もない山だった。鉱山とは名ばかりで、僕が買ったときには、すでに廃鉱《はいこう》で、なんにもとれない、ただのはげ山。で、ここからが僕のアイデアなんだけど、僕はある話を思いついたのさ」

「ほぅ、どんな話だ?」

「うん、その山から銀が採掘《さいくつ》できるっていう話さ。もちろんデタラメ。で、銀を採掘するための開発に投資しないか、という名目で、全国の年寄《としよ》りからお金をせしめたのさ。おかげでこのとおり、大儲《おおもう》けさ」

「なんだって!? その山、なんて言う名前だ」

するど、息子は大笑いして言った。

「セモニノ銀山って名前だよ。セ・モ・ニ・ノ、並《なら》びかえて読んだらニセモノさ。わかりやすいネーミングだろう。でも、田舎《いなか》の年寄りは、その名前の意味に、全然気づかなかったみたいだよ。まったく、バカばかりだよ」

(原案 欧米の小咄、翻案 蔵間サキ)

さよなら、泣き虫先生

夕方、校舎を出てふとグラウンドのほうに目をやると、小さな炎《ほのお》がチラチラと動いているのが見えた。そっと近づいて目を凝《こ》らしてみる。グラウンドの隅《すみ》の、雑草の生《お》い茂《しげ》っているあたりの地面に、誰《だれ》かがしゃがみ込《こ》んで、なにかをしている。

「なにをしてるんですか？」

そっと背後《はいご》から近づいて声をかけると、人影《ひとかげ》は、ビクッと肩《かた》を震《ふる》わせて立ち上がり、わたしのほうを振《ふ》り向《む》いた。人影の正体は、この春、この中学校に赴任《ふにん》してきたばかりの新卒の国語教師・清川恭子《きよかわきょうこ》だった。隣《となり》の2年4組の担任《たんにん》である。

「あ、浅田《あさだ》先生……あの、あの、わたしちょっと……」

うろたえてしどろもどろになった清川の頬《ほお》に、涙《なみだ》の跡《あと》が一筋《ひとすじ》見えた。

「火が見えたような気がしたんですが、なにか燃やしてました?」

清川はかぶりを振《ふ》った。しかし、清川が座《すわ》っていた地面に、清川の顔の大きさほどの穴《あな》があいており、その縁《ふち》に、白い紙をくるくる巻《ま》いたねじり棒状《ぼうじょう》のものが数本並《なら》んでいる。ねじり棒の幾《いく》つかは、先端《せんたん》が燃えて炭状《すみじょう》になっていて、持ち手に若干《じゃっかん》燃えていない白い部分が残っているだけだった。

「これを燃やしてましたよね?」

炭状のねじり棒を一つつまんで、清川に見せる。清川は観念したようにため息をつき、答えた。

「すみません。これは、わたしの手元には置いておけないものなんです。他人に見られることも、紛失《ふんしつ》することも厳禁《げんきん》なので、こうして自分で一つひとつ、確実に焼却《しょうきゃく》していたんです」

「何が書いてあったの?」

いつの間にか、尋問《じんもん》調になっていた。

「今日、授業の時間に生徒たちに詩を書いてもらったんです。テーマは『わたしの秘密《ひみつ》』だったんですが……」

清川は、そこで口をつぐんだ。

「もしかして、なにか恐《おそ》ろしい『秘密』でも混じっていたんですか？　清川先生が燃やして確実に消去しなきゃならないくらいの？」

わたしは尋《たず》ねる。

「そんなところです」

「人には言えないような？」

清川はうなずく。

「『わたしだけに、あなたの秘密を教えてね』っていう約束で、生徒たちに書いてもらった詩なんです」

わたしは清川の誠実《せいじつ》さに心を打たれた。でも、一方で、こんな誠実で繊細《せんさい》だったら、果たして教師の仕事を続けていけるのだろうかと心配になる。教師の仕事は純粋《じゅんすい》な想いだけではやっていけないと、今のわたしは思っている。

「わかりました。では、燃やしてしまいましょう」

わたしは地面にしゃがみ込み、率先して残りのねじり棒を燃やしていった。

「さ、終わりました。帰りましょうか？」

わたしは立ち上がった。ところが清川は座ったままだ。

「すみません、今日は先に帰ってください。今日ご一緒すると、わたし、生徒たちの秘密の幾《いく》つかを浅田先生にしゃべってしまいそうです」

わたしは微笑《ほほえ》む。

「わかりました。それより清川先生、『王様の耳はロバの耳』ってお話、ご存《ぞん》じですよね？」

清川は、「ええ、なんとなく」と答える。

「なにか、心の中にかかえきれないことがあったら、穴に向かって大きな声で本音を言ったり、秘密をしゃべったりするんです。その声を埋《う》めてしまえば、だいぶ気持ちがスッキリすると思いますよ」

そう言ってわたしは、グラウンドを後にした。

やがて季節は梅雨《つゆ》を経て夏へと変わり、やがて秋が深まった。グラウンドの隅《すみ》の雑草たちが大きく背丈《せたけ》を伸《の》ばし、秋風に吹《ふ》かれてサヤサヤと音を立てるようになった。

ある日の帰り道、グラウンドのそばを通ったわたしは、なにかささやくような声を聴いた。耳をすますと、どうやら雑草たちの声らしい。

「お弁当は、インスタ用に写真を撮《と》ったら、全部トイレに流すの。だって太るから」

「宿題は、いつも写メで家庭教師に送るの。全部答えがメールで返ってくるから、楽チン」

「父さんが小銭《こぜに》貯金してるボトルから、ちょこちょこ五百円玉と百円玉を盗《と》ってる。もちろん、代わりに十円玉とか一円玉を足して、わからないようにしておくけど」

「あ、勘違《かんちが》いしてたかも」

雑草たちの声を聴《き》きながら、わたしはつぶやいた。わたしは、『王様の耳はロバの耳』の結末を記憶違《きおくちが》いしていたかもしれない。穴に話された秘密は永久に守られるんじゃなかった。その穴から生えてきた草で作った笛を吹《ふ》くと、秘密がそこら中に鳴《な》り響《ひび》いてしまうのだったっけ。

「でも、いいか」

雑草たちの声を聴きながら、わたしは思う。どれも思春期のささやかな秘密じゃないか。それにしても、あの夜の清川恭子は、こんな小さな秘密さえも1人で抱《かか》えていられずに泣いていたのか。

わたしはおかしくなってくる。そして、少し寂《さび》しくなった。なぜなら、あんなにも繊細で弱々しい清川恭子は、もうこの学校にいないから——。

雑草たちが、口々に小さな秘密をささやき続けている。

「わたしがみんなを導いてあげないと……」

あの夜の清川の声がする。

心配することはない。

わたしはあの夜の清川恭子に、心の中で話しかける。

あの夜のあなたの代わりに、雑草のようにたくましく成長した清川恭子が、生徒たちを厳しく指導してくれてるよ。この学校には、あの頃の清川恭子はいないけど、生徒たちが陰《かげ》で「清川のばばあ」と呼《よ》んでる、したたかでしなやかな清川恭子がいてくれてるよ……。

わたしは雑草たちのほうへ近づいていき、しゃがみ込んで、地面に小さな穴を掘る。そして穴に顔を近づけ、ささやく。

――でも、あの夜一人きりで泣いていた、誠実で繊細な清川恭子のほうが好きだったなぁ、と。

（作　ハルノユウキ）

冷蔵庫《れいぞうこ》と夜

深夜——。

冷蔵庫が冷気を作るのに疲《つか》れたのか、コンプレッサー音が止まっていた。

あまりの静けさで私は目を覚《さ》ました。

「今、何時だ？　……2時17分…あ〜、アタタタ、体が痛《いた》い……」

ブラインドのすき間《ま》から月光が流《なが》れ込《こ》み、その光が台所まで伸《の》びている。

絞《し》め殺《ころ》されたように固くひねられた蛇口《じゃぐち》からは、水滴《すいてき》は一粒《ひとつぶ》も落下していない。

まったくの無音。

部屋には静寂《せいじゃく》が充満《じゅうまん》し、うるさいほどだ。

仕事で酷使《こくし》した体は、ギリギリときしみ、潤滑油《じゅんかつゆ》の切れたロボットのように動きが悪い。

強い睡魔《すいま》と疲労《ひろう》、それに痛み。

しかし、それを押しのけるほどの欲求――。

私は、信じられないくらい、ノドの渇《かわ》きを覚えていた。

布団《ふとん》からゆっくり出ると、真《ま》っ直《す》ぐ台所に向かってガラスのコップを手にとる。

本当は赤いガラスのはずだったが、闇《やみ》を集めて閉《と》じこめたように真っ黒に見えた。

蛇口をひねり、水を流してみる。

シンクにとび散る水しぶき。

何も考えない時間10秒。

水が、本来の冷たさを取《と》り戻《もど》しはじめた。

しばらく水を流した後、水道水をコップに注《そそ》いだ。

私は2杯《はい》の水を一気に飲《の》み干《ほ》した。

「はー」

私の胃《い》は久しぶりの水分に驚《おどろ》きながらも、チャプチャプと声を出して喜んでいるようだ。

ふたたび、蛇口を力一杯《ちからいっぱい》ひねる。

私は、月の光を踏《ふ》みながら、布団に戻《もど》る。睡魔《すいま》に身をまかせる環境《かんきょう》は整っていた。
時おり月光と車のヘッドライトがハーモニーを奏《かな》でながら部屋に流《なが》れ込《こ》む。
数時間もしたら、また仕事のために起きなくてはいけない。
余計《よけい》な事は考えないようにしよう。

司会者：さーて、問題です！　このあと［私］はどうなったでしょうか⁉
解答者：は？　問題の意味がわからないんですけど⁉　そんなのわかるわけないでしょう！
司会者：それを考えるのが、クイズというものです。しっかり考えて！
解答者：いやいやいやいや！　ヒント！　ヒント下さいよ！
司会者：ノーヒントです。シンキングタイムは、あとわずか！　早く答えて山田さんっ！　3秒前ですよ！
解答者：えっ、じゃあ、宇宙人《うちゅうじん》が現れてさらわれる⁉
司会者：はい、ざんねん‼　正解は［眠《ねむ》ろうとする］でした。
解答者：そんなのクイズになってないでしょ⁉

司会者：はい、不正解の山田さんにはいつものように罰《ばつ》がございます。はい、そこの巨大《きょだい》ハンドルを握《にぎ》って、このモーターを動かして、発電してください。

解答者：またですか〜。

再び低いモーター音とともにコンプレッサーが作動し、冷蔵庫は冷気を作りはじめる。
冷蔵庫のモーター音など、気にならない。
私は早々にマブタを閉じ、深い眠《ねむ》りの世界へ。
目覚めたら仕事へ行く。
誰《だれ》かのために働く。
社会の歯車の一部として。

翌日の深夜——。

司会者：おめでとうございます！

解答者：は、はい？
司会者：山田さん！　正解です！
解答者：ウソ！　本当に？
司会者：ええ、ついにこの日が来ました！　10年以上も不正解が続きましたが、とうとう初の正解です！
解答者：嬉《うれ》しい！　簡単《かんたん》な問題でよかった!!
司会者：そうですね。今日の問題は、［私］が寝ている時に歯ぎしりをするか？　を、○・×で答えるものでした。正解の確率は50％ですからね。チャンス問題でした。
解答者：はい、この通り。私は頭の上で○のジェスチャーをしました！
司会者：ということは〜。
解答者：ついに休めるんですか！　私は、ついに休めるんですか!?
司会者：モーターは、もう回さなくてよいのです。10年以上よく働いてくださいました!!
解答者：なんだか、清々《すがすが》しいほどの達成感を感じます。ありがとうございます。
司会者：そうです、山田さん！　ついに今夜でモーターを回す罰ゲームは――

ちょうどその時。

ノドが渇《かわ》いて、目を覚ました私。

ブラインドのすき間から部屋に流れ込む月光を踏《ふ》みながら、冷蔵庫に近づく。

私は冷蔵庫を開け、中に入っていた天然水のペットボトルを手に取り、ガブガブ飲んだ。

「なんだか、いつもより冷えてないな〜。ちゃんと働けよ、このボロ冷蔵庫‼」

私は天然水のペットボトルを冷蔵庫に戻《もど》し、足で蹴《け》とばしトビラを閉《し》めた。

そして、そのままベッドに戻《もど》った。

司会者：ビックリしましたねぇ。
解答者：あの男のために一生懸命《いっしょうけんめい》働いているというのに、何なんだ！
司会者：え、あ？　あ〜？　山田さん！　何で？　何でそんなことを……。
解答者：えっ、何ですか？
司会者：手、手、ジェスチャーの手！
解答者：え？　手？　あっ‼

司会者：山田さんの手の形、○から×に変わっちゃってますよ！
解答者：いや、これは、さっきの衝撃《しょうげき》で…。えっ、不正解になっちゃうの？
司会者：はいっ、不正解です！　山田さん、いつも通りモーターを回して〜。
解答者：はぁ〜。

ふたたび低いモーター音とともにコンプレッサーが作動し、冷蔵庫が冷気を作り始める。

冷蔵庫のモーター音など、気にならない。

私は早々にマブタを閉《と》じ、深い眠りの世界へ。

目覚めたら仕事へ行く。

誰かのために働く。

社会の歯車の一部として。


（作　井口貴史）

進路調査

進路希望調査票をなくしてしまった。提出期限は明日なのに。

職員室に行くと、担任《たんにん》の鬼塚《おにづか》先生は、「しかたないなぁ」と笑った。

「じゃ、大川にだけ、特別にあげよう。これは本当に特別な1枚《まい》だからな」

先生は笑いながらプリントをくれた。

放課後、一人きりで教室に残った。4月、わずかに残った桜の花びらが、窓《まど》の外を流れていく。僕はプリントを広げた。明日は僕の誕生日《たんじょうび》。将来《しょうらい》について考え、このプリントに書く――

それが、17歳最後の仕事だ。僕はシャーペンをぎゅっと握《にぎ》った。

(1)どれか一つにマルをつけなさい。
「大学・短大に進学」「専門《せんもん》学校に進学」「就職《しゅうしょく》を希望する」「その他」

②大学・短大・専門学校で学びたいことは何ですか。
③将来やりたいことを書きなさい。

高校3年になったばかりだというのに、もうこんなことを決めないといけないのだろうか。僕はため息をつき、ふざけて③のところに「王様」と書いた。

急に耳の奥《おく》がキーンと鳴った。視界《しかい》がぼやけた。気がつけば僕は、金色に輝《かがや》く大きな椅子《いす》に座《すわ》っていた。頭には冠《かんむり》が被《かぶ》せられ、手には杖《つえ》がある。

「え？　何？　どういうこと？」

立ち上がると、身につけているガウンみたいなものが重い。窓《まど》の外には、民衆《みんしゅう》が集まっているようで、「王を捕《と》らえろ！　横暴な王を処刑《しょけい》しろ！」などと叫《さけ》んでいる。

「こんな王様なんて嫌《いや》だ。さっきの取り消す」

そう口にしたとたん、教室に戻《もど》っていた。僕は消しゴムをとり、あわてて「王様」という字を消した。

どういうしくみなのかわからないが、何が起こるかはわかった。先生が言っていたとおり、このプリントは特別なんだ。ここに将来の夢を書くと、「実際にそうなった自分」を体験できるんだ。よし、せっかくだからいろいろ試《ため》してみよう。

思いつくままに書いた。アイドルになる、外科医になる、サッカー選手になる……。どれも楽しそうに思えたが、実際になってみると、どれも大変だった。

アイドルはとにかく忙《いそが》しい。新曲のキャンペーンのためにテレビやラジオに出て、その合間《あいま》に新聞や雑誌《ざっし》のインタビューを受け、ファンとの交流イベントもあって……。仕事はやりがいがあって楽しかったし、有名になっていい気分だ。でも、深夜になっても仕事が終わらず、寝《ね》る時間がない。自由もないし、いつも誰《だれ》かに見られている気がする。僕はベッドに倒《たお》れながら、「取り消す」とつぶやいた。

医者は、みんなから必要とされる仕事だ。でも、仕事のプレッシャーが大きすぎた。目の前の患者《かんじゃ》の命が、メスを握《にぎ》る自分の手にかかっていると思うと、逃《に》げ出《だ》したくなった。休憩《きゅうけい》時間に入ったばかりだというのに、「先生、急患《きゅうかん》です」と呼《よ》び出《だ》され、僕は「取り消す」と叫《さけ》んだ。

サッカー選手も大変だ。ピッチは、僕のようなふつうの人間が立てる場所ではなかった。試合に出ることになったが、開始１分で、僕は「取り消す」と念じた。

夕暮《ゆうぐ》れの教室に戻り、一人で考える。僕は最終的に何を書けばいいんだろう。

鬼塚は、朝早く、生徒の一人である大川の母親から、「うちの子が家に帰っていないんです」という電話を受けた。昨日、進路希望調査票を書くために、教室に残っていたはずだが……。鬼塚が教室に行ってみると、大川のカバンはあるのに、本人はどこにもいなかった。

彼の机の上にはプリントが置いてあった。「将来やりたいこと」の欄《らん》には、ひとこと、「17歳のままでいたい」と書いてあった。

（作　千葉聡）

楽天家

元気《げんき》先生は、僕の高校の2、3年時の担任《たんにん》だった。その名の通り、いつも元気いっぱいで、「夢や希望や愛は、願えば叶《かな》うもの」と根拠《こんきょ》なく信じることのできる、楽天的な性格の持《も》ち主《ぬし》だった。

先生の「なんとかなるさ精神」に乗せられて、高2から高3にかけてなんとなく偏差値《へんさち》が伸《の》びたのをいいことに、勢いで自分の実力より数段《すうだん》上の大学を受験することに決めた生徒は多かったように思う。かくいう僕も、そのうちの一人だ。

「大丈夫《だいじょうぶ》、大丈夫。この3校だったら、いまの藤田《ふじた》の調子なら楽勝だよ」

先生に太鼓判《たいこばん》を押《お》された形で、都内の3つの私立《しりつ》大学に願書を出した。

1校目と2校目の入試が終わったところで、1校目の合格発表があった。不合格だった。

「そうか。最初だからやっぱ緊張《きんちょう》したのか？　気にしない気にしない。次は大丈夫だ」

元気先生は、そう言って僕の肩《かた》をバンバン叩《たた》いた。元気先生がそう言ってくれるんだから大丈夫だろう……。そう自分に言い聞かせながらも、やはり焦《あせ》りが出てきて、3校目の試験に向けて、僕は猛勉強《もうべんきょう》を再開した。

3校目の試験の翌日、2校目の合格発表があった。不合格だった。

「おかしいな。藤田のレベルで落ちるわけないのに。さては倍率が高かったか？　ま、3つ目は大丈夫なんだろ？」

そこで僕の堪忍袋《かんにんぶくろ》の緒《お》がブチッと切れた。

「『大丈夫なんだろ？』なんて、俺に聞くなよ！　元気先生が『大丈夫』って言うから、この3校にしたんだろ？　どうしてくれんだよ！」

元気先生はニコニコ笑って言った。

「『大丈夫なんだろ？』ってのは、俺の言い方が悪かったな。訂正《ていせい》するよ。お前は大丈夫だ」

「なんで、そんな簡単に断定できんだよ！」

すると、先生は、自信満々でこう言い放った。

「だってほら、『3度目の正直』って言うだろ?」

そこで僕は、さらに怒《いか》りを爆発《ばくはつ》させる。

「なんだよ、その『3度目の正直』ってのはさ! 単なることわざじゃんか。無責任だよ! じゃあ、『2度あることが3度』あったらどうしてくれんだよ!!」

元気先生は下を向いて黙《だま》ってしまった。僕は元気先生のそんな顔を、これまで見たことがなくて、怒《いか》りとか焦りとか悲しみとかで訳《わけ》がわからなくなってしまい、職員室のドアを派手《はで》にバーンッと閉《し》めて、そこから出ていった。


家に帰って、しばらくベッドでふて寝をしていた。脳裏《のうり》に元気先生の顔が浮《う》かんでくる。僕は頭をかきむしる。「違う! 落ちたのは、先生のせいじゃない……。俺の実力不足なんだ。先生は、俺をはげまそうとして言ってくれただけなんだ……」

ベッドから出て、机《つくえ》に向かう。たとえ3校とも全滅《ぜんめつ》だったとしても、来年さらに上の大学をまた受験すればいいんだ。

数日後、吹《ふ》っ切れたような気持ちでいると、電話があった。元気先生だ。

「3校目の合格発表はまだか？」

「まだです」

「そうか、藤田、喜べ。藤田の2校目な、入学辞退者《じたいしゃ》がたくさん出て、定員割《わ》れして2次募集《ぼしゅう》があるそうだ。もうホームページに募集要項《ぼしゅうようこう》が載《の》っている」

「受けます！」

「そうだ藤田、受けるんだ。4校目だぞ。4校目なら『3度目の正直』にも『2度あることは3度ある』にも左右されないぞ！」

相変わらず楽天的な先生だ。でも今日は、そんなのんき気さに救われた気分だ。僕はクスリと笑いながら、ふたたび机に向かった。


（作　ハルノユウキ）

獣《じゅう》化《か》兵《へい》

新しい世紀になり、科学技術は、さらに驚異的《きょういてき》なスピードで発展をとげた。しかし、そのことは、必ずしも人類を幸福にはしなかった。

その理由は、「戦争」である。科学技術の進歩は、戦争をも進歩させてしまった。

ある人は考えた。人間は本来、平和を望む生き物だ、と。しかし、武器を手にしたことで、文字通り、人が変わってしまったのだ、と。だから、武器を手放せば、本来の「平和を望む生き物」に戻《もど》れるのだ、と。

しかし、その考えは多くの人々から支持されつつも、現実のものにはならなかった。最初に武器を手放してしまったら、ライバル国に攻撃されると怖《おそ》れたのだ。

戦争を旧世紀とはまったく次元の異なるものに変えた原因の一つが、ロボット兵の導入だ。

武器を手に敵陣《てきじん》へつっこんでゆく人型のロボットは、小回りもきくため、臨機応変《りんきおうへん》さが必要な作戦に重宝《ちょうほう》した。逆に、何十トンもある大型のロボットは破壊《はかい》されにくく、一方で圧倒的《あっとうてき》な破壊力《はかいりょく》をもつため、一瞬《いっしゅん》で大勢の敵を殲滅《せんめつ》する目的で、たびたび戦線に投入された。

そんなロボット兵と並《なら》ぶほどの戦力となったのが、獣化兵《じゅうかへい》である。

獣化兵とは、人間と動物の遺伝子《いでんし》のハイブリッド化によって生み出された、特殊能力《とくしゅのうりょく》をもつ最強の兵士だ。獣化手術と呼ばれるオペにより、人間の体内に動物のDNA《ディーエヌエー》を人工的に植えつけ、融合《ゆうごう》させることで、その動物の能力や資質を備えた人間を作るというものである。

人間の弱さは昔から語られていた。肉体的にも精神的にも、地球上でもっとも栄えている生命体のくせに、とにかく人間は不完全である。言葉と文明を手に入れたぶん、人間がなくしてしまった強さは、動物たちのほうが圧倒的に備えていた。それさえあれば、人間は完璧《かんぺき》な存在《そんざい》になれる。獣化兵とは、そうして誕生《たんじょう》した最強の戦力であった。

ただ、なんでもできるというわけではない。遺伝子構造を人為的に操作《そうさ》するには限度がある。たとえば、鳥のような羽《はね》がはえて空を飛べるようになるとか、カメのように頑丈《がんじょう》な甲羅《こうら》ができるといったような、無だったものが有になるような変化は起こらない。もともとあった力を強化するのが獣化兵計画の主旨《しゅし》である。筋力《きんりょく》や体力が増大したり、視覚《しかく》や聴覚《ちょうかく》といった五感が鋭《えい》敏《びん》になったり、性格が獰猛《どうもう》になるなどの効果が見られ、それらは狙《ねら》いどおり、戦場でめざましい成果を上げた。

コウモリの能力を身につけた兵士は、暗闇《くらやみ》のなかでも自在に動き回ることができた。

チーターの能力を身につけた兵士は、人間離《ばな》れしたスピードで戦場を駆《か》け、敵を翻弄《ほんろう》した。

また、オオカミの能力を取り入れたチームは、統率のとれた動きと驚異的な持久力を発揮《はっき》し、3日3晩、敵を追跡《ついせき》し続けた。

しかし、肉体が変異《へんい》したそれらの兵士よりも戦場で重宝されたのは、性格が変異した兵士たちだった。

たとえばクマは、並《なみ》はずれた腕力《わんりょく》だけではなく、強い執着心《しゅうちゃくしん》をもつ。いちど標的に定めたら、それをどこまでも追いかける習性があるため、クマの性格を得た兵は、敵《てき》を追跡《ついせき》する役割に重《ちょう》宝《ほう》された。クズリやラーテルは体の小さな動物だが、自分よりはるかに大きな相手に対しても、ひるむことなく向かってゆく勇敢《ゆうかん》さ——あるいは、狂暴《きょうぼう》さといってもいいかもしれないが——をもっている。「恐怖《きょうふ》」は、戦場において不要な感情である。それをもたない兵は死ぬことすら怖れず敵陣《てきじん》に突入《とつにゅう》し、大きな爪痕《つめあと》を残した。

穏健《おんけん》に見えて縄張《なわば》り意識が強いことで有名なカバの性格は、戦闘《せんとう》の最前線では役に立たなくても、自陣《じじん》を守るのには長《た》けている。

そんな多種多様な獣化兵が活躍《かつやく》する戦場において、幾多《いくた》もの戦果を上げた1人の兵士がいた。その兵士は、鋭敏《えいびん》な視覚や聴覚を備えているわけでも、並《なみ》はずれた腕力やスピードを誇《ほこ》るわけでも、飛《と》び抜《ぬ》けて持久力や勇猛《ゆうもう》な性質があるわけでもなかった。むしろ、そのような能力は月《つき》並《な》みの人間程度にしか見られなかった。

ならば、その兵士の何が脅威《きょうい》になったのか？　彼を見た者は、口をそろえてこう言った。

「あの残虐《ざんぎゃく》性と狡猾《こうかつ》さの前では、どんな獣化兵も、真の力を発揮《はっき》することなどできない」

その兵士は、謀略《ぼうりゃく》知略《ちりゃく》をめぐらせる能力に長《た》けており、ほかの誰《だれ》も思いつかないような戦略を次々に打ち出して指示を出した。かと思えば、偽《にせ》の情報で敵の同盟をくずし、寝返らせ、そして寝返った者を最終的には切り捨てる。結果のために、卑怯《ひきょう》な手段、非人道的な方法をとることにも躊躇《ちゅうちょ》はしなかった。

味方であれば、これほど心強い兵はないが、彼が本当に味方なのかもわからなくなる。

いつだったか、彼のコントロールに手を焼いた上官が、彼の獣化手術の記録を探《さぐ》ったことがあった。しかし、なぜか彼の記録だけが失われており、彼になんの動物のＤＮＡが移植されたのかは誰《だれ》にもわからなかった。さまざまな憶測《おくそく》が飛《と》び交《か》うなか、彼が自分の記録を消去したのでは？　という噂《うわさ》までもが、まことしやかに戦場に流れた。

誰よりも多くの敵兵を殲滅《せんめつ》し、しかし、味方にとっても諸刃《もろは》の剣《つるぎ》であった彼に対して、多くの人が同じ感想をもった。

「あれは、まさに人間ではない」

ある日、天命《てんめい》を迎《むか》えた１人の老科学者が、今際《いまわ》の際《きわ》に恐《おそ》るべき言葉を残した。その言葉から、彼こそが、「人間ではない」とまで言われたあの兵士に、獣化手術を施《ほどこ》した科学者であることがわかった。

「私は、とんでもないものを生み出してしまった。不運に不運が重なった事故だったとはいえ、あれは生み出してはいけないものだった。彼に脅《おど》され、今まで口を閉ざしてきたが、私の命はじきに尽《つ》きる。もう、家族も、この世にはいない。ならば、語らずにこの世を去ることは、さらなる罪を重ねる行為《こうい》でしかあるまい」

そして、科学者の最期《さいご》の言葉は、軍関係者に衝撃《しょうげき》を与《あた》えた。

「彼には、なんの動物のＤＮＡも移植していない。彼は、人間なのだ」

そんなことがあるはずはない。科学者の言葉を疑《うたが》った軍の上層部《じょうそうぶ》は、その遺品《いひん》や研究データを徹底的《てっていてき》に調査した。そして、確たる証拠《しょうこ》を発見した。それは、科学者の研究記録で、そこには、あの兵士に対して行われた獣化手術の一部始終《しじゅう》が、準備段階《だんかい》から詳細《しょうさい》に記《しる》されていた。

「兵士Ｎ－０３－０５８３号に、ペンギンのＤＮＡ移植を試みる。寒冷地でも動くことができ、水中での作戦に特化した兵の誕生《たんじょう》が期待される」

「兵士N-03-0583号の獣化手術が完了《かんりょう》。まだ変異は見られないが、個体差の範囲《はんい》であろう」

「兵士N-03-0583号の変異出現が著《いちじる》しく遅《おそ》い。再検査の必要ありか」

「なんということだ……兵士N-03-0583号の獣化手術は失敗だ。彼にペンギンの特質は発現《はつげん》せず、再検査したところ、やはりペンギンのDNAは定着していなかった。膨大《ぼうだい》なDNAサンプルのなかから、手術直前に取《と》り違《ちが》いがあったと思われる。兵士N-03-0583号の体内から、ほかの動物のDNAは検出されなかった。考えられる可能性は、ひとつしかない。あぁ、しかし、まさかそんなことが……」

「どうやら、ミスを認《みと》めるしかない。調査の結果、研究員が、採取したDNAの保管場所を間違えてしまったことが判明。ペンギンのDNAは【二足歩行（B《ビー》-1984N）】に分類、保管されていた。私はたしかにそこからDNAを取り出し、施術《せじゅつ》したが、研究員の手違いにより、そこには異《こと》なるDNAが保管されていた。つまり、私がペンギンのものと思《おも》い込《こ》んで移植したDNAは、ペンギンのものではなかった。あれは、あれは——『ヒト』のDNAだったのだ」

科学者の記録を目にした人々は愕《がく》然《ぜん》とした。

数々の戦場で誰よりも戦争を楽しんでいたあの兵士が、純粋《じゅんすい》な人間？　自分たちと同じ、ただの人間だと？

いや、そうではない。あれは、人間に人間をかけ合わせた「純《じゅん》度《ど》の高い人間」——つまり、人間の残《ざん》虐《ぎゃく》性《せい》や狡《こう》猾《かつ》さ、利己的な性質を濃《のう》縮《しゅく》した、獣《けもの》以上に異質な存在だったのだ。

我々は、何に突き動かされて戦争をしているのだろう。それはわからない。しかし、近い将来、地上から「ふつうの人間」は駆《く》逐《ちく》され、純度の高い人間が戦争を楽しむ世界になる予感に、軍の人々は寒《さむ》気《け》を覚えた。

（作　桃戸ハル、橘つばさ）

パソコンに向かう女

窓《まど》の外がほのかに明るくなった。もう朝なのか。女はキッチンで水を一杯飲むと、リビングに戻《もど》ってきた。テーブルに置いてあるパソコンに向かう。女のやつれた顔が、ディスプレイの光に照らされる。

——その人は疲《つか》れ切《き》っていた。もう二晩《ふたばん》も眠《ねむ》っていないのだ。パソコンの画面には、不穏《ふおん》な言葉が表示されている。

「息子は預《あず》かった。食事も与《あた》え、寝《ね》る場所も用意している。今のところ、元気だ。ただし、これからも無事《ぶじ》でいられるかどうかは、あなたしだいだ。我々《われわれ》の要求が聞き入れられたら、すぐに息子を解放しよう」

息子を誘拐《ゆうかい》した犯人からのメールだ。その人は、何度も読み返した。手のひらに汗《あせ》がにじんだ。

まもなく、新たなメールが送られてきた。そこには、動画が添付《てんぷ》されている。動画を再生すると、そこには息子の姿《すがた》が映《うつ》っている。

「ぼくは元気です。きのうの夜は、おべんとうとパンをもらいました。でも、早く家に帰りたいです。お父さん、お母さん、早く帰れるようにしてね」

まるで教科書を朗読《ろうどく》するような口調《くちょう》だ。おそらく犯人たちに教えられたとおりに話しているのだろう。怖《こわ》がっている様子はないが、知らない大人たちに囲まれ、どうしたらいいかとまどっているようだ。まだ幼稚園《ようちえん》に通う年齢《ねんれい》の息子は、状況《じょうきょう》が理解できていないのだろう。

幸い、犯人たちは、息子に危害を加えてはいないようだ。まだ、今のところは……。

その人は、すぐ近くにいる刑事《けいじ》の顔を見た。

「返信してもいいですか?」

「いいでしょう。ただ、くれぐれも犯人たちを刺激《しげき》しないようにしてください。私どもは、この動画を手がかりに、犯人の居場所を特定します。できましたら、別の動画も送るように要求してみてください。手がかりは多いほうがありがたいですから」

その人はパソコンのキーボードに指を落とす。自分の言葉が、息子の生死にかかわるかもしれない。そう思うと、なかなか指が動かない。
「あなた、しっかりして！　ちゃんと返信して！」
隣《となり》に座《すわ》っている妻が言う。妻も寝不足で疲れ切った顔をしている。彼は妻にうなずいた……。

そして女は、ため息をつくと、パソコンをシャットダウンした。ディスプレイが暗くなると、そこに疲れ切った彼女の顔が映《うつ》る。夜を徹《てっ》して、朝まで頑張《がんば》って書いてみたが、なんて陳腐《ちんぷ》な小説だろう。これじゃ、次の新人賞でも予選通過は難《むずか》しい。

（作　千葉聡）

画《が》廊《ろう》での出来事

その若い女の目線の先には、私の描《か》いた絵があった。

昼過ぎにやってきた時、絵画が展示《てんじ》されている画廊にいた客は2、3人。私の絵の前で足を止めていたのは、その若い女だけだった。

そのときは彼女のことをさほど気にもとめず、私は画廊の奥《おく》にあるオーナーの部屋へ向かった。オーナーと小一時間ほど談笑《だんしょう》してまた画廊に戻《もど》ってきても、まだその女は私の絵の前でじっとたたずんでいた。画廊にいるのも彼女だけだった。

「気に入りましたか？」

私は彼女に声をかけた。彼女は夢中になっていて私に気づかなかったのか、一瞬驚《いっしゅんおどろ》いた様子で肩《かた》をすくめて、ゆっくりと私に顔を向けた。年齢《ねんれい》は20代半ばくらいか。目鼻立ちがくっきりとしていて、なかなか綺麗《きれい》な顔立ちをしている。

「はい」

彼女は微笑《ほほえ》んでうなずくと、まるで首ふり扇風機《せんぷうき》のように一定のスピードで、顔を絵のほうにゆっくりと向けた。その動作に、私は彼女におっとりとした人のよさそうな印象を持った。

「この画家の大ファンなんです。母から新作が展示されていると聞いて……」

「へぇ、この画家の？」

「はい。絵は買えないですけど、画集はよく眺《なが》めていました」

「それは嬉《うれ》しいな」

「はい？」

「その絵は、私が描《か》いたものなんです」

「え……あ、それは失礼しました。すみません、気がつかなくて……」

彼女は恥《は》ずかしそうに頬《ほお》を赤らめた。

「いえ、気づかないのも無理ありません。私は滅多《めった》に顔を出しませんから。ファンの方《かた》でも私の顔を知らない人が多いんです」

「はぁ……」

彼女は、まだ少し気まずそうに下を向いている。

そんな彼女を見ていると、私は少しからかいたい気分になった。

「もしよろしければ、私がこの絵について少し解説《かいせつ》しましょうか？」

彼女は「えっ」と声を上げて、周囲をキョロキョロと見回した。ほかの人がいないかが気になるのだろうか？

「本当によろしいんですか？」

「ええ。そのために、この画廊《がろう》に顔を出しているようなものですから」

「ありがとうございます……。そうしていただけるなら、是非《ぜひ》……」

そう言って、彼女は嬉しそうににっこりと笑う。

——私は心の中で、意地の悪い笑《え》みを浮《う》かべた。

というのも、まともな解説をするつもりなどさらさらないからだ。

今から私が話すことは、口から出まかせばかりになるだろう。それでも、彼女には、そのウソはわからないだろう。

私が、そんなウソをつこうと思ったのには理由がある。今まで自分のファンと称する人々と話をしても、本当に自分の絵を理解してくれているのか、疑わしいと感じたからだ。だから私は、適当なことを言ってみた。私がどんなに適当なことを言っても、感心して納得《なっとく》する人ばかりだった。この世の中は、芸術をわかったような気になっているトンチンカンばかりなのだ。どうせ真面目《まじめ》に自分の絵を語ったところで、ろくでもない批評家《ひひょうか》やマスコミに私の話はねじ曲げられてしまう。そんな目に何度もあってきた。私はそれにうんざりして、すっかりひねくれてしまっていた。

悪趣味《あくしゅみ》だが、ウソをついて人をからかうのが、私の趣味のようになっていた。

「テーマは、『戦争と平和』です」

もちろんウソだ。幼《おさな》い女の子が夕暮《ゆうぐ》れの空を飛んでいる幻想《げんそう》的な絵だが、意味も、大それたテーマも本当はない。

「戦争と平和ですか？」

彼女は私を見つめた。恥《は》ずかしさで目を合わせられないのか、その視線《しせん》の先にあるのは私のアゴだ。だが、その目が、絵に対する興味深《きょうみぶか》さを物語っている。しめしめだ。

「テレビで、外国の街《まち》が、空から降《ふ》ってくる爆弾《ばくだん》に襲《おそ》われているニュースを見ました。瓦礫《がれき》の中から助け出された少女がいて、画面には病院で眠る彼女が映し出されていました」

「少女……」

「はい。絵の中で、夕暮れの空を飛んでいる少女です。モデルはその少女なんです」

本当はそうじゃない。この絵の少女にモデルなんていない。

「女の子が夕暮れの空を……」

彼女は、まるで初めて知ったかのように、感慨《かんがい》深くつぶやいた。

「戦争で怪我《けが》を負った少女がどうして空を飛んでいるんですか？」

「安らいだ顔で眠る少女の表情から、そんな夢が伝わってくるようでした」

「すると……これは、その少女が見ている夢を想像して描《か》いたのですか？」

「はい。その通りです」

私はにっこりと笑った。思いつきで話し始めたデマカセのわりには、出来がよくて満足していたのだ。

「私が描《えが》きたかったのは、現実に対する、少女のささやかな抵抗《ていこう》です」

「ささやかな抵抗……？」

「過酷《かこく》な現実は、少女から何もかも奪《うば》っていく。しかし少女が持つ想像の世界だけは、誰にも奪えないのです。戦争にも身勝手《みがって》な政治家たちにも。私はそれを訴《うった》えたかった。だから表現したのです」

「……」

彼女はまた、首ふりの扇風機《せんぷうき》のようにゆっくりと絵のほうを向いた。

そして、そのまま黙《だま》ってしばらく絵を見つめていた。

その瞳《ひとみ》が小刻《こきざ》みに揺《ゆ》れているのが見えた。絵のバックストーリーを知って、どこに焦点《しょうてん》を合わせればよいのかわからなくなってしまったのだろうか。

その態度だけで私は十分《じゅうぶん》満足だった。私の話を完全に信じきって、胸《むね》が締《し》めつけられるような思いを感じているに違《ちが》いない。言葉がなくとも、彼女の表情を見ているだけでわかる。

私は思わず噴《ふ》き出《だ》しそうになったが、必死にこらえて、表情を作った。深刻《しんこく》ぶった暗い顔だ。

そんな私は、彼女の目には、孤高《ここう》の芸術家にしか見えないだろう。

だが、彼女は私を見ようともしなかった。

視線は、絵を見つめたままだ。

「……想像以上です」

彼女は震《ふる》える声で言った。

「母からこの絵のことを聞いて、どんな絵だろうと想像していましたが、そんな私の想像なんか、はるかに超《こ》えていました……」

彼女の瞳は潤《うる》んでいた。涙《なみだ》が今にもこぼれ落ちそうだ。

「はぁ……」

それを見て、私は困惑《こんわく》してしまった。まさか泣くなんて思いもしなかった。

「なるほど」「わかります」「私もそうなんじゃないかと思ってました」

デタラメな解説を聞いて人々がするリアクションはそんなものだ。すっかりわかった気になって、すました顔をするヤツラばかりだった。そんな反応を笑ってやりたかった。

しかし彼女は本気で感動して泣いている。

「丁寧《ていねい》に解説していただき、ありがとうございます。久しぶりに本物の絵を見たような気がします」

そう言って彼女は私に頭を下げた。

「そんなとんでもない……」

私は、そんな彼女の態度にどうしてよいかわからなかった。

そんなとき、

「迎《むか》えにきたわよ」

画廊《がろう》に入ってきた婦人が、彼女に声をかけた。

「あ、お母さん」

「さぁ、帰ろう」

婦人と一緒《いっしょ》にいた紳士《しんし》が彼女の手を引いた。おそらく彼女の父親だろう。

「では、先生。本当にありがとうございました。さようなら」

別れ際、彼女はまた私に頭を下げた。そのまま画廊を出て、彼女は前に停《と》めてあった車に乗り込んでいった。

「あの、娘が何かご迷惑《めいわく》をおかけしませんでしたでしょうか?」

残った母親が申し訳なさそうに私を見た。

「迷惑だなんてとんでもない!」

私が経緯《けいい》を説明すると、「まぁ、まぁ、まぁ……」と、母親は驚いた様子で口に手を当てた。

「そうでしたか……それは、本当になんとお礼を申し上げればよいか……」

母親は、彼女以上に感激《かんげき》して、私に頭を下げた。

「そんな……やめてください。頭を上げてください」

「いえ、本当にありがとうございます。先生のおかげで、あの子はもう一度絵を見ることができた気になれたんじゃないかしら……」

「もう一度？　どういうことです？」

私が訊《たず》ねると、母親は彼女のことを話してくれた。

彼女は美大生だった。だが、それは1年前までの話だ。今は、大学を退学してしまったらしい。事故にあったためだ。幸い一命《いちめい》はとりとめたが、彼女は視力を失ってしまったという。

「絵を描くことはもちろん好きでしたけど、あの子は絵を見るのも好きでした。特に先生の作品が。この画廊で先生の新作が展示されているのを見て、あの子に教えたんです。そうしましたら、『どうしても画廊に行きたい』と……『もう見ることはできなくても、そばにいるだけで何かを感じることができるかもしれないから』……そんなことを言っていました。でも、先生ご本人に絵のことを解説していただけるなんて……思いもしなかったことです。あの子の想像の中で、先生の絵が、きっと頭の中に思い浮かんだことだと思います。本当にありがとうございました」

私は言葉を失った。

想像以上だ――彼女がそう言っていたのを思い出した。

彼女は実際に見えていない絵を想像し、感動していたのだ。私のデタラメな言葉で……。

ハッとして我《われ》に返《かえ》ったとき、母親は私の前から消えていた。

あわてて画廊の外を見ると、助手席に乗り込む母親の姿《すがた》が見えた。

「待ってください！」

私は無我夢中《むがむちゅう》で画廊を飛び出した。お願いだ。償《つぐな》わせてほしい。本当の私の言葉で、私の絵を見てほしい。彼女の想像の世界で――心からそう思っていた。

（作　佐々木充郭）

- 桃戸ハル

東京都出身。三度の飯より二度寝が好き。著書に、『5秒後に意外な結末』ほか、『5分後に意外な結末』シリーズなど。

- usi

静岡県出身。書籍の装画を中心に、イラストレータとして活動。
グラフィックデザインやWebデザインも行う。

5分後に意外な結末ex　オレンジ色に燃える呪文

2018年8月7日　　第1刷発行
2020年2月14日　　第4刷発行

編著	桃戸ハル
絵	usi
発行人	松村広行
編集人	川田夏子
企画・編集	目黒哲也
発行所	株式会社 学研プラス
	〒141-8415 東京都品川区西五反田2-11-8
印刷所	中央精版印刷株式会社
DTP	株式会社 四国写研

● お客様へ
【この本に関する各種お問い合わせ先】
○ 本の内容については TEL03-6431-1465(編集部直通)
○ 在庫については TEL03-6431-1197(販売部直通)
○ 不良品(落丁・乱丁)については TEL0570-000577
　学研業務センター 〒354-0045 埼玉県入間郡三芳町上富279-1
○ 上記以外のお問い合わせは TEL03-6431-1002(学研お客様センター)